W9-ABH-054

La noche de la encrucijada

Biblioteca Maigret

Biografía

Georges Simenon nació en Lieja en 1903 en una
familia de escasos medios. Pese a ser un alumno
dotado, abandona pronto la escuela y a los diecisiete
años consigue entrar como reportero local en la
Gazette de Liège. En 1922, tras llegar a París, se
introduce en los ambientes de Montmartre, publica
con seudónimo numerosas novelas populares y se
codea con figuras como Colette, Vlaminck, Picasso
y Joséphine Baker. En 1931 inicia la célebre serie de
novelas protagonizadas por el comisario Maigret.
Se abre entonces una época de grandes viajes,
que lo llevan a lugares tan dispares como África,
Taití, Australia o el Mar Rojo. De regreso en París,
inicia una fructífera amistad con Gide y comienza
la publicación de las llamadas «novelas duras».
Durante la segunda guerra mundial ocupa con
eficacia el cargo de alto comisario para los
refugiados belgas, pero la necesidad de mantener
a la familia le obliga a no olvidar la escritura.
Acabada la guerra, se instala en Norteamérica
(Québec, Arizona, Connecticut), y en 1955, dos
años después de una gira «triunfal» por Europa,
decide volver definitivamente a Francia. Más tarde
buscará la tranquilidad familiar y vital en Suiza,
donde nacerá su cuarto y último hijo. En 1960
preside el festival de Cannes, dato muy ilustrativo
del cortejo a que lo someten los medios de
comunicación. En 1972 decide abandonar del
todo la narrativa, lo que no le impide seguir
escribiendo textos autobiográficos, y muere
en Lausanne en 1989.

Georges Simenon
La noche de la encrucijada

Traducción de Joaquín Jordá

Título original: *La nuit du carrefour*

Los libros de la serie Maigret se publican siguiendo
el orden cronológico en que los escribió Simenon

© Georges Simenon Limited, 2003
© por la traducción, Joaquín Jordá, 1994
© Tusquets Editores, S.A., 2003
  Cesare Cantù, 8. 08023 Barcelona

Diseño de la cubierta: Opalworks
Ilustración de la cubierta: Cover
Primera edición: abril de 2003

Depósito legal: B. 11.669-2003
ISBN: 84-96171-06-X
Impreso en: Liberdúplex, S. L.
Encuadernado por: Liberdúplex, S. L.
Printed in Spain - Impreso en España

Indice

El monóculo negro

Maigret, dando un suspiro de cansancio, apartó su silla del escritorio en el que estaba acodado: hacía exactamente diecisiete horas que había empezado el interrogatorio de Carl Andersen.

Por las ventanas sin cortinas habían visto sucesivamente cómo, al mediodía, una multitud de modistillas y empleados tomaban al asalto los cafés de la Place Saint-Michel; luego la animación decayó hasta las seis de la tarde, hora en que empezó la carrera hacia las estaciones de metro y de tren; por último, vieron el callejeo de bar en bar antes de cenar.

Las brumas habían envuelto el Sena. Había pasado un último remolcador, con luces verdes y rojas, arrastrando tres gabarras. El último autobús. El último metro. Después de guardar los paneles de anuncios en el interior, cerraron un cine.

La estufa del despacho de Maigret parecía crepitar ahora con mayor intensidad. Sobre la mesa había vasos de cerveza vacíos y restos de bocadillos.

En alguna parte se había declarado un incendio, porque se oyeron pasar los ruidosos vehículos de los bomberos. Hubo también una redada: el coche celular salió de la Prefectura hacia las dos y más tarde por el patio de la prisión, donde dejó su botín.

El interrogatorio había continuado. Cada hora, o cada dos horas, según su fatiga, Maigret pulsaba un botón. El brigada Lucas, que dormitaba en un despacho contiguo, aparecía, echaba una mirada a las notas del comisario y tomaba el relevo.

Maigret iba entonces a echarse a un catre; luego volvía a la carga con energías renovadas.

La Prefectura estaba desierta. Había cierto movimiento en la brigada de costumbres: hacia las cuatro de la madrugada, un inspector trajo a un vendedor de drogas y lo interrogó inmediatamente.

La bruma lechosa que aureolaba el Sena se blanqueó, y asomó el día, iluminando los muelles vacíos. Resonaron pasos en los corredores. Llamadas telefónicas. Voces. Ruidos de puertas. Las escobas de las mujeres de la limpieza.

Y Maigret, dejando su pipa demasiado caliente sobre la mesa, se levantó y, con un mal humor no exento de admiración, miró al detenido de pies a cabeza.

¡Diecisiete horas de duro interrogatorio! Nada más entrar, le habían quitado los cordones de los zapatos, el cuello postizo y la corbata, y le habían vaciado los bolsillos.

Durante las cuatro primeras horas le habían hecho permanecer de pie en el centro del despacho, y las preguntas cayeron sobre él como balas de ametralladora.

«¿Tienes sed?»

Maigret había tomado ya cuatro cervezas, y el detenido esbozó una pálida sonrisa. Bebió ávidamente.

«¿Tienes hambre?»

Le habían pedido que se sentara y luego que se levantara. Tras permanecer siete horas sin comer, le dieron un bocadillo y, mientras lo devoraba, continuaron acosándolo.

Dos hombres se habían relevado para interrogarlo. Entre una sesión y otra, podían dormitar, desperezarse, escapar a la obsesión de aquel monótono interrogatorio.

¡Y eran ellos los que abandonaban! Maigret se encogió de hombros, buscó una pipa fría en un cajón y se secó la frente perlada de sudor.

Tal vez lo que más le impresionaba no era la resistencia física y moral del hombre, sino su turbadora elegancia y la distinción que mantenía hasta el final.

Un hombre que sale de la sala de cacheo sin corbata, que permanece después una hora completamente desnudo y rodeado de cien delincuentes en los locales de Identidad Judicial, que es llevado de la cámara fotográfica a las sillas de medición, zarandeado, víctima de las deprimentes bromas de otros detenidos, rara vez mantiene la seguridad que, en la vida privada, forma parte de su personalidad.

Y cuando ha sufrido un interrogatorio de varias horas, es un milagro que algo lo siga diferenciando de cualquier vagabundo.

Carl Andersen no había cambiado. Pese a su traje arrugado, conservaba una elegancia que muy pocas veces tienen ocasión de ver los agentes de la Policía Judicial, una elegancia de aristócrata, con esa pizca de discreción y rigidez y ese toque de altivez que parecen exclusivos de los ambientes diplomáticos.

Era más alto que Maigret, ancho de hombros pero ágil y delgado, estrecho de caderas. Su cara alargada estaba pálida y sus labios habían perdido color.

Un monóculo negro le ocultaba el ojo izquierdo.

«Quíteselo», le habían ordenado.

Tras obedecer, con un atisbo de sonrisa, descubrió un ojo de cristal de una desagradable fijeza.

«¿Un accidente?»

«Sí, de aviación.»

«Así pues, ¿participó en la guerra?»

«Soy danés. No tuve que luchar. Pero en Dinamarca poseía un avión particular.»

En un rostro joven y de facciones regulares, el ojo artificial era tan perturbador que Maigret había mascullado: «Puede volver a ponerse el monóculo».

Andersen, tanto si lo obligaban a permanecer de pie como si se olvidaban de darle de beber o de comer, no se había quejado ni una sola vez. Desde donde se hallaba podía vislumbrar el movimiento de la calle, los tranvías y los autobuses cruzando el puente, un rojizo rayo de sol al final de la tarde, y ahora la animación de una clara mañana de abril.

Se mantenía siempre igual de erguido, sin afectación alguna, y la única señal de fatiga era la fina y profunda ojera que le nacía bajo el ojo derecho.

—¿Mantiene todas sus declaraciones?

—Las mantengo.

—¿Se da cuenta de que son inverosímiles?

—Sí, pero no puedo mentir.

—¿Espera ser puesto en libertad por falta de pruebas?

—No espero nada —contestó con acento extranjero, más perceptible desde que estaba cansado.

—¿Quiere que le lea el acta de su interrogatorio antes de que usted la firme?

Un vago ademán de hombre de mundo que rechaza una taza de té.

—Se la resumiré brevemente. Hace tres años usted llegó a Francia en compañía de su hermana Else. Vivieron un mes en París. Alquilaron después una casa de campo en la carretera nacional de París a Etampes, a tres kilómetros de Arpajon, en el lugar llamado la Encrucijada de las Tres Viudas.

Carl Andersen asintió con un ligero movimiento de cabeza.

—Desde hace tres años viven allí en el aislamiento más estricto, tanto que la gente del pueblo no ha visto siquiera cinco veces a su hermana. No se relaciona con sus vecinos. Compró un 5 CV, de un modelo anticuado, que utiliza para hacer usted mismo la compra en el mercado de Arpajon. Todos los meses, siempre con ese vehículo, viene usted a París.

—A entregar mi trabajo en la empresa Dumas et Fils, en la Rue du 4-Septembre, ¡exacto!

—Trabajo que consiste en diseñar tejidos de mobiliario. Por cada diseño le pagan quinientos francos. Realiza usted una media de cuatro diseños al mes, o sea que usted gana dos mil francos mensuales.

Nueva señal afirmativa.

—No tiene amigos. Su hermana, a su vez, tampoco tiene amigas. La noche del sábado se acostaron como de costumbre, y usted encerró a su hermana en su habitación, contigua a la suya, porque, según usted, ella es muy miedosa. Bien, ¡dejémoslo así! El domingo, a las siete de la mañana, Monsieur Emile Michonnet, agente de seguros que vive en una casita a cien metros de ustedes, entró en su garaje y descubrió que su vehículo, un seis cilindros nuevo, de una marca conocida, había desaparecido y lo habían sustituido por su trasto, el 5 CV.

Andersen no se inmutó y, con un gesto maquinal, se palpó el bolsillo en el que probablemente solía guardar los cigarrillos.

—Monsieur Michonnet, que en los últimos días hablaba sin cesar de su nuevo coche en toda la comarca, supuso que se trataba de una broma de mal gusto. Se presenta en su casa, encuentra la verja cerrada y llama al timbre en vano. Media hora después, cuenta su desgracia en la gendarmería, y varios agentes se personan en su domicilio. No los encuentran ni a usted ni a su hermana; en cambio, en el garaje de su casa descubren el vehículo de Monsieur Michonnet y, en el asiento delantero, echado sobre el volante, a un hombre muerto a consecuencia de un disparo a bocajarro en el pecho. No le han robado los documentos: se llamaba Isaac Goldberg y trabajaba como corredor de diamantes en Amberes.

—Sin dejar de hablar, Maigret cargó de nuevo la

13

estufa—. Rápidamente, los gendarmes interrogan a los empleados de la estación de Arpajon, quienes afirman que le han visto a usted tomar el primer tren a París, acompañado de su hermana. Los detienen a los dos a su llegada a París, en la Gare d'Orsay. Usted lo niega todo.

—Niego haber matado a nadie.

—También niega conocer a Isaac Goldberg.

—Lo vi por primera vez muerto, al volante de un vehículo que no me pertenece, en mi propio garaje.

—Y en vez de llamar a la policía, trató de escaparse con su hermana.

—Tuve miedo.

—¿Quiere añadir algo más?

—Nada.

—¿Y mantiene usted que no oyó nada durante la noche del sábado al domingo?

—Tengo un sueño muy pesado.

Era la quincuagésima vez que repetía exactamente las mismas frases, y Maigret, harto, pulsó el timbre. Llegó el inspector Lucas.

—¡Vuelvo al instante!

La conversación entre Maigret y el juez de instrucción Coméliau, encargado del caso, duró unos quince minutos. El magistrado dio por perdida de antemano, por decirlo de algún modo, la partida.

14

—Ya verá, éste será uno de esos casos que por fortuna sólo se presentan una vez cada diez años y de los que jamás se descubre la clave. ¡Y tiene que tocarme precisamente a mí! Todos los detalles son incoherentes. ¿Por qué esa sustitución de coches? ¿Y por qué Andersen no utilizó el que estaba en su garaje para escapar, en lugar de irse a Arpajon a pie y tomar el tren? ¿Qué hacía ese corredor de diamantes en la Encrucijada de las Tres Viudas? Créame, Maigret, tanto a usted como a mí nos espera toda una serie de problemas. En fin, suéltelo, si le parece. Tal vez no se equivoque al pensar que, si ha resistido un interrogatorio de diecisiete horas, no podrá sonsacarle nada más.

El comisario tenía los ojos un poco enrojecidos, pues había dormido muy poco.

—¿Ha visto a la hermana? —preguntó el juez.

—No. Cuando me trajeron a Andersen, los gendarmes habían llevado a la joven a su casa. Querían interrogarla en el lugar de autos. Se ha quedado allí. La vigilan.

Se estrecharon la mano. Maigret volvió a su despacho, donde Lucas observaba tranquilamente al detenido; éste, con la frente pegada al cristal, esperaba sin impaciencia.

—¡Está usted libre! —exclamó Maigret desde la puerta.

Andersen no se sobresaltó; señaló su cuello desnudo y los zapatos desabrochados.

—Le devolverán sus pertenencias en las oficinas. Evidentemente, sigue usted a disposición de la Justicia. Al menor intento de huida, le haré conducir a la Santé.

—¿Y mi hermana?

—La encontrará usted en su casa.

De todos modos, alguna emoción debió de sentir el danés al cruzar el umbral, porque se quitó el monóculo y se pasó la mano por el ojo de cristal.

—Le doy las gracias, señor comisario.

—No hay de qué.

—Le doy mi palabra de honor de que soy inocente.

—Yo no le he pedido nada.

Andersen se inclinó y aguardó a que Lucas se decidiera a acompañarlo a las oficinas.

Un hombre que esperaba en el vestíbulo se levantó y, después de presenciar esta escena indignado y estupefacto, se precipitó sobre Maigret.

—¿Cómo? ¿Lo suelta? No puedo creerlo, comisario.

Era Monsieur Michonnet, el agente de seguros y propietario del seis cilindros nuevo. Entró en el despacho con aires de superioridad y dejó su sombrero sobre una mesa.

—Vengo, en primer lugar, por el asunto del coche.

El hombrecillo, entrecano y vestido con torpe atildamiento, se atiesaba incesantemente las guías de sus bigotes engominados.

Hablaba estirando los labios, esbozando ademanes que él creía categóricos y seleccionando las palabras.

¡Era el demandante, el que la justicia debe proteger! ¿No era como un héroe?

Y no se dejaba impresionar. Toda la Prefectura estaba ahí para escucharlo.

—Esta noche he sostenido una larga conversación con Madame Michonnet, a la que confío que usted no tardará en conocer. Ella comparte mi opinión. Y, fíjese, su padre era profesor de instituto en Montpellier y su madre daba clases de piano. Le digo eso... En suma... —Era su expresión predilecta. La pronunciaba de una manera a la vez tajante y condescendiente—. En suma, es necesario que tomen una decisión en el plazo más breve posible. Como hace todo el mundo, hasta los más ricos, incluido el conde de Avrainville, yo compré ese coche a plazos. Firmé dieciocho letras. Tenga en cuenta que habría podido pagar al contado, pero es inútil inmovilizar capitales. El conde de Avrainville, a quien acabo de mencionar, hizo lo mismo con su Hispano. En suma...

Maigret seguía inmóvil y respiraba profundamente.

—Para el ejercicio de mi profesión me es imprescindible un vehículo. Piense que mi radio de acción se extiende a treinta kilómetros a la redonda de Arpajon. Pues bien, Madame Michonnet comparte mi opinión: no queremos un coche en el que han matado a un hombre. Y le corresponde a la Justicia hacer lo necesario para procurarnos un vehículo nuevo, del mismo tipo que el anterior, con la salvedad de que lo elegiré de color heces de vino, lo cual no modifica para nada el precio. Tenga en cuenta que el mío estaba rodado y que me veré obligado a...

—¿Eso es todo lo que tiene que decirme?

—¡Disculpe! —Otra palabra que le gustaba utilizar—. Disculpe, comisario. Por supuesto, estoy dispuesto a ayudarle aportando toda mi experiencia y mi conocimiento de la comarca, pero necesito urgentemente que me proporcionen un coche para...

Maigret se pasó la mano por la frente.

—Muy bien, pasaré a verlo dentro de poco.

—En cuanto al coche...

—Cuando se terminen las investigaciones, le devolverán el suyo.

—Ya le he dicho que Madame Michonnet y yo...

—¡Presente, pues, mis respetos a Madame Michonnet! Buenos días, señor.

Todo fue tan rápido que el agente de seguros

no tuvo tiempo de protestar. Se encontró en el corredor con su sombrero en la mano, y el ordenanza le dijo:

—¡Por aquí, por favor! Primera escalera a la izquierda. Puerta de enfrente.

Maigret, por su parte, se encerró en el despacho y puso agua a calentar sobre la estufa para prepararse un café fuerte.

Sus colegas creyeron que trabajaba. Pero tuvieron que despertarlo cuando, una hora después, llegó un telegrama de Amberes que decía:

«ISAAC GOLDBERG, CUARENTA Y CINCO AÑOS, CORREDOR DE DIAMANTES BASTANTE CONOCIDO. IMPORTANCIA MEDIA. BUENAS REFERENCIAS BANCARIAS. CUBRIA CADA SEMANA, EN TREN O AVION, LAS PLAZAS DE AMSTERDAM, LONDRES Y PARIS.

»MANSION LUJOSA EN BORGERHOUT, RUE DE CAMPINE. CASADO. PADRE DE DOS NIÑOS, DE OCHO Y DOCE AÑOS DE EDAD.

»LA SEÑORA GOLDBERG, AVISADA, HA TOMADO EL TREN PARA PARIS».

A las once de la mañana sonó el teléfono. Era Lucas.

—Estoy en la Encrucijada de las Tres Viudas. Lo llamo desde la gasolinera que está a doscientos metros de la casa de los Andersen. El danés ha vuelto a su casa. La verja está cerrada. Nada especial.

—¿Y la hermana?

—Debe de estar dentro de la casa, pero no la he visto.

—¿Y el cuerpo de Goldberg?

—En Arpajon.

Maigret regresó a su piso, en el Boulevard Richard-Lenoir.

—Pareces cansado —se limitó a decirle su mujer.

—Prepara una maleta con un traje y unos zapatos de repuesto.

—¿Estarás fuera mucho tiempo?

En el fogón había un estofado. La ventana del dormitorio estaba abierta y la cama deshecha para que se airearan las sábanas. Madame Maigret todavía no había tenido tiempo de quitarse las horquillas que le sujetaban los cabellos en apretados moñitos.

—Hasta luego.

La besó. En el momento en que salía, ella observó:

—Has abierto la puerta con la mano derecha.

No lo hacía nunca. La abría siempre con la izquierda. Y Madame Maigret era supersticiosa, cosa que no ocultaba.

—¿De qué se trata? ¿De una banda?

—Lo ignoro.

—¿Estarás muy lejos?

—Todavía no lo sé.

—Ve con cuidado, ¿eh?

Pero él ya bajaba la escalera y se volvió lo justo para despedirse con la mano. Al llegar a la calle, paró un taxi.

—A la Gare d'Orsay. O mejor, ¿qué costaría hasta Arpajon? ¿Trescientos francos, con el retorno? ¡Adelante!

Rara vez le ocurría, pero se sentía agotado. Le costaba mantenerse despierto, y el sueño le irritaba los párpados.

Es posible que estuviera un poco impresionado, no tanto por haber abierto la puerta con la mano derecha, y tampoco a causa de la extraña historia del vehículo robado a Michonnet y aparecido con un muerto al volante en el garaje de Andersen; lo que le preocupaba era la personalidad de éste.

¡Diecisiete horas de duro interrogatorio!

Malhechores experimentados, tipos duros que se han arrastrado por todas las comisarías de Europa, no habían resistido esa prueba.

¡Tal vez también por eso Maigret había soltado a Andersen!

Pero esos razonamientos no le impidieron, a partir de Bourg-la-Reine, dormir recostado en el taxi. El conductor lo despertó en Arpajon, delante del viejo mercado con techumbre de paja.

—¿En qué hotel se aloja?

—Siga hasta la Encrucijada de las Tres Viudas.

En ese tramo, donde la carretera nacional inicia una pronunciada cuesta, los adoquines estaban relucientes de aceite y a ambos lados se veían carteles de anuncios de Vichy, Deauville, grandes hoteles o marcas de gasolina.

Un cruce. Una gasolinera con cinco surtidores de gasolina pintados de rojo. A la izquierda, un poste indicador señalando la carretera de Avrainville.

Alrededor, campos hasta el horizonte.

—Aquí es —le dijo el taxista.

Sólo había tres casas. En primer lugar, la del dueño de la gasolinera, de planchas de yeso, edificada rápidamente durante la fiebre de los negocios. En ese momento, llenaban el depósito de un gran vehículo deportivo con carrocería de aluminio. Unos mecánicos reparaban la camioneta de un carnicero.

Delante de la gasolinera se alzaba una casita de pedernal con un angosto jardín rodeado por una reja de dos metros de altura. Una placa de cobre decía: «EMILE MICHONNET, SEGUROS».

La tercera casa estaba a doscientos metros. El muro que rodeaba el jardín sólo permitía ver el primer piso, el tejado de pizarra y unos hermosos árboles. La construcción tenía por lo menos un siglo de antigüedad. Era una hermosa casa de campo de las de antaño, con un pabellón destinado al jardinero, dependencias, gallineros, cuadra y una escalinata de cinco peldaños flanqueada por hachones de bronce. Había un pequeño estanque de cemento, pero estaba seco. De la chimenea, que tenía un capitel esculpido, un hilillo de humo ascendía en línea recta.

Eso era todo. Más allá de los campos, una roca, los tejados de unas granjas, un arado abandonado en el lindero de las tierras labradas.

Y en la carretera los coches circulaban, tocaban la bocina, se cruzaban, se adelantaban.

Maigret bajó con la maleta en la mano y pagó al taxista; éste, antes de regresar a París, repostó gasolina.

Las cortinas que se mueven

De uno de los arcenes de la carretera, oculto por árboles, apareció Lucas y se acercó a Maigret, que dejó la maleta a sus pies. En el momento en que iban a estrecharse la mano, se oyó un silbido cada vez más intenso y, de repente, un coche deportivo pasó a todo gas tan cerca de los policías que la maleta salió despedida a tres metros.

En cuestión de segundos, el coche con motor turbo adelantó a un carro lleno de paja y desapareció en el horizonte.

Maigret puso mala cara.

—¿Pasan muchos como ése?

—Es el primero. Habría jurado que iba a por nosotros, ¿no cree?

La tarde estaba gris. En casa de los Michonnet se movió la cortina de una ventana.

—¿Se puede encontrar una habitación por aquí?

—En Arpajon o en Avrainville. Arpajon está a tres kilómetros. Avrainville está más cerca, pero sólo encontrará una fonda.

—Lleva mi maleta a esa fonda y reserva habitaciones. ¿Nada nuevo?

—Nada. Mire, desde la casa nos observan: es Madame Michonnet. Fui a visitarla hace un momento. Es una mujer morena, bastante voluminosa, que no tiene muy buen carácter.

—¿Sabes por qué llaman a este lugar la Encrucijada de las Tres Viudas?

—Sí, me he informado. Es por la casa de Andersen, construida durante la Revolución. Anteriormente, era la única que había en la encrucijada. Hace unos cincuenta años vivían en ella tres viudas: la madre y sus dos hijas. La madre tenía noventa años y estaba tullida; la mayor de las hijas tenía sesenta y siete años, y la otra, sesenta y pico. Las tres viejas eran muy maniáticas, y tan avaras que no compraban nada en el pueblo y vivían de los productos de su huerto y del corral. Los postigos estaban siempre cerrados y pasaban semanas sin que nadie las viera. La hija mayor se había roto la pierna y sólo se supo cuando murió.

»¡Una extraña historia! Llevaba mucho tiempo sin oírse el menor rumor alrededor de la casa de las tres viudas. La gente empezó a murmurar y el alcalde de Avrainville se decidió a visitarlas. Las descubrió muertas a las tres, ¡desde hacía al menos diez días! Me han dicho que los periódicos hablaron mucho del asunto. Un maestro del pueblo, intrigado por este misterio, llegó a publicar un folleto en el que explica que, según él, la hija con la pierna rota, por odio a su hermana todavía

25

ágil, la envenenó y, de paso, envenenó a su madre. ¡Ella moriría después, junto a los dos cadáveres, porque no podía desplazarse para comer!

Maigret contempló la casa, de la que sólo veía la parte superior, y a continuación el edificio nuevo de los Michonnet, la gasolinera todavía más reciente, y los automóviles, que pasaban a ochenta por hora por la carretera nacional.

—Reserva las habitaciones y luego ven a buscarme.

—¿Qué piensa hacer?

El comisario se encogió de hombros y se dirigió a la verja de la casa de las Tres Viudas. La construcción era grande, y la rodeaba un jardín de unas tres o cuatro hectáreas con algunos árboles magníficos.

Una avenida empinada rodeaba una zona con césped y daba acceso, por una parte, a la escalinata, y, por otra, a un garaje construido en una antigua cuadra, con una polea en el techo.

Todo estaba inmóvil. Aparte del hilillo de humo, no se percibía vida alguna tras las cortinas corridas. Comenzaba a oscurecer y, a lo lejos, unos caballos cruzaban un campo camino de una granja.

Maigret vio a un hombre bajito que se paseaba por la carretera con las manos hundidas en los bolsillos de un pantalón de franela, una pipa entre los dientes y una gorra en la cabeza. El hombre se le acercó con familiaridad, como en el campo suelen abordarse los vecinos.

—Usted dirige la investigación, ¿no?

No llevaba cuello postizo e iba calzado con zapatillas. En cambio, vestía una chaqueta gris de buen paño inglés y un enorme anillo le relucía en un dedo.

—Soy el dueño de la gasolinera. Lo he visto a usted de lejos.

Sin duda, se trataba de un ex boxeador. Tenía la nariz rota y la cara parecía como moldeada a puñetazos. Su voz arrastrada era ronca y vulgar, pero llena de seguridad.

—¿Qué piensa del asunto de los coches? —Al reír mostró unos dientes de oro—. Si no hubiera aparecido un cadáver, la historia me parecería graciosa. ¡Usted no puede entenderlo! No conoce al tipo de enfrente, a ese Môssieur Michonnet, como lo llamamos aquí: un señor al que no le gustan las confianzas, que lleva cuellos postizos anchísimos y zapatos de charol. ¡Y vaya con Madame Michonnet! ¡Hum! Esa gente se queja por todo y llama a los gendarmes porque los coches hacen demasiado ruido cuando se paran aquí para repostar gasolina.

Maigret miraba a su interlocutor sin animarlo ni desanimarlo. Se limitaba a mirarlo, lo cual es bastante desconcertante para un charlatán, pero no lo suficiente para el dueño de la gasolinera.

Pasó la camioneta de un panadero y el hombre en zapatillas gritó:

—¡Hola, Clément! ¡La bocina ya está reparada! ¡No tienes más que pedírsela a Jojo! —Luego se volvió hacia Maigret, le ofreció un cigarrillo y continuó—: El tal Michonnet llevaba meses hablando de comprarse un coche nuevo y dando la lata a todos los vendedores de coches, incluso a mí. Quería conseguir descuento. Nos tomaba el pelo: la carrocería era demasiado oscura o demasiado clara; lo quería color burdeos, pero no demasiado burdeos y sin dejar de ser burdeos. Acabó por comprárselo a un colega de Arpajon. ¿No es para morirse de risa que, pocos días después, encontrara el vehículo en el garaje de las Tres Viudas? ¡Yo habría pagado lo que fuera por haberlo visto esa mañana, cuando descubrió el viejo cacharro del danés en lugar de su seis cilindros! ¡Lástima del muerto, eso lo estropea todo! Al fin y al cabo, un muerto es un muerto, y hay que tener respeto por esas cosas. Dígame, ¿entrará a tomar una copa con nosotros cuando pase? Aquí no hay tabernas, pero ¡ya llegarán! En cuanto encuentre a un buen chico para llevarla, yo pondré el dinero.

El hombre debió de darse cuenta de que sus palabras encontraban escaso eco, porque le dio la mano a Maigret y se despidió:

—Hasta luego.

Se alejó como había llegado, y más adelante

se detuvo para hablar con un campesino que pasaba con su carreta. Durante todo ese rato, un rostro había acechado detrás de las cortinas de los Michonnet. Al atardecer, el campo, a ambos lados de la carretera, tenía un aspecto monótono y estancado, y se oían sonidos muy lejanos, un relincho o la campana de una iglesia a una decena de kilómetros.

Pasó el primer coche con los faros encendidos, pero apenas brillaban en la penumbra.

Al llegar a la casa de las Tres Viudas, el comisario estiró el brazo hacia el cordón de la campanilla que colgaba a la derecha de la verja. Bellas y graves resonancias de bronce vibraron en el jardín, seguidas de un prolongadísimo silencio. La puerta de la casa, en lo alto de la escalinata, no se abrió. Pero la gravilla crujió detrás del edificio. Se perfiló una silueta alta, un rostro lechoso y un monóculo negro.

Imperturbable, Carl Andersen se acercó a la verja y la abrió, al tiempo que inclinaba la cabeza.

—Ya me imaginaba que vendría. Supongo que desea ver el garaje. Los del juzgado lo han sellado, pero usted debe de estar autorizado a...

Vestía el mismo traje que en el Quai des Orfèvres: un tres piezas muy elegante, y tan usado que comenzaba a brillar.

—¿Está aquí su hermana?

La escasa luz impidió ver si sus rasgos se habían alterado, pero Andersen sintió la necesidad de afianzar su monóculo.

—Sí.

—Me gustaría verla.

Leve vacilación. Nueva inclinación de cabeza.

—Haga el favor de seguirme.

Rodearon el edificio. En la parte trasera se extendía un césped bastante amplio dominado por una terraza. Todas las habitaciones de la planta baja daban a esa terraza a través de unas elevadas puertas acristaladas.

No había ninguna habitación iluminada. En los límites del jardín, velos de niebla cubrían los troncos de los árboles.

—¿Me permite que le indique el camino?

Andersen empujó una puerta acristalada y Maigret lo siguió. Entraron en un gran salón en penumbra. Por la puerta, que había dejado abierta, penetraba el aire a la vez fresco y denso del atardecer, así como un olor a hierba y follaje húmedos. Un único tronco despedía chispas en la chimenea.

—Voy a avisar a mi hermana.

Andersen no había encendido la luz, y probablemente ni siquiera se había dado cuenta de que la noche caía. Maigret, a solas, recorrió lentamente la habitación y se paró ante un caballete que sostenía un esbozo a la aguada. Era un esbozo muy moderno, de colores audaces y con un extraño dibujo.

¡Aunque menos extraño que el ambiente que lo rodeaba y en el que a Maigret le asaltaba ahora el recuerdo de las tres viudas!

Algunos de los muebles habían pertenecido sin duda a estas últimas: los sillones Imperio con la pintura resquebrajada y la seda gastada, y las cortinas de reps, que nadie había tocado en cincuenta años.

En cambio, a lo largo de una pared habían construido una librería de madera blanca en la que se amontonaban libros en rústica, en francés, en alemán, en inglés y, a buen seguro, también en danés.

Las cubiertas blancas, amarillas o coloreadas de los libros contrastaban con un puf anticuado, con los jarrones desportillados y la alfombra, en cuyo centro sólo quedaba la trama.

La penumbra se espesaba. Una vaca mugió a lo lejos. Y de vez en cuando un ligero zumbido se perfilaba en el silencio, se intensificaba, un automóvil pasaba a toda velocidad por la carretera y luego el ruido del motor se desvanecía poco a poco.

En la casa, nada. Roces, crujidos. Apenas rumores indescifrables que permitieran sospechar que había vida.

Carl Andersen fue el primero en entrar. Sus

manos blancas delataban cierto nerviosismo. Por un instante permaneció inmóvil y en silencio junto a la puerta.

Un deslizamiento en la escalera.

—Mi hermana Else —anunció finalmente.

Ella avanzó y sus contornos se dibujaron, imprecisos, en la semioscuridad. Avanzó como la estrella de una película o, mejor aún, como la mujer ideal de los sueños de un adolescente.

¿Se debía al vestido de terciopelo negro? El caso es que parecía más oscuro que todo el resto y formaba una mancha densa y suntuosa. La escasa luz que todavía flotaba en el aire se concentró en sus cabellos rubios y ligeros y en su rostro cetrino.

—Me han dicho que desea hablar conmigo, comisario. Siéntese, por favor.

Su acento extranjero era más pronunciado que el de Carl. El tono, cantarín, descendía en la última sílaba de cada palabra.

Su hermano permaneció a su lado como un esclavo junto a la soberana que debe proteger.

Ella dio unos pasos y, cuando estuvo muy cerca, Maigret descubrió que era tan alta como Carl. Las caderas, estrechas, acentuaban aún más su silueta.

—Un cigarrillo —pidió volviéndose hacia su hermano.

Nervioso y torpe, Carl se apresuró a ofrecerle

uno. Ella encendió un mechero que tomó de un mueble y, durante un segundo, el rojo del fuego compitió con el azul oscuro de sus ojos.

Después la oscuridad se hizo más sensible, tanto que el comisario, incómodo, buscó con la mirada un interruptor de la luz y, al no encontrarlo, murmuró:

—¿Puedo pedirles que enciendan la luz?

Maigret necesitaba todo su aplomo. Para su gusto, la escena era demasiado teatral. ¿Teatral? Más bien demasiado densa, como el penetrante olor a perfume que invadía la habitación desde la llegada de Else.

De cualquier modo, la escena era demasiado ajena a la vida cotidiana. Quizá, simplemente, demasiado extraña.

Ese acento, la corrección absoluta de Carl y su monóculo negro, esa mezcla de suntuosidad y antiguallas empalagosas, y el vestido de Else, que no era un vestido como los que se ven en la calle, ni en el teatro, ni en el mundo...

¿Qué le ocurría al vestido? En realidad, era la manera en que ella lo llevaba. Porque el corte era sencillo, y la tela moldeaba el cuerpo y ceñía incluso el cuello, dejando a la vista únicamente el rostro y las manos.

Andersen se había inclinado sobre una mesa. Quitó el cristal de una lámpara de petróleo de la época de las tres viudas, una lámpara con pedestal de porcelana, adornado de falso bronce, y la encendió. Eso creó un círculo luminoso de dos metros de diámetro en un rincón del salón. La pantalla era anaranjada.

—Discúlpeme —dijo—. No me había fijado en que todos los asientos están llenos de libros.

Andersen recogió todos los libros amontonados sobre un sillón Imperio y los dejó, desordenados, en la alfombra. Else fumaba de pie, erguida, como una estatua esculpida en terciopelo.

—Su hermano, señorita, me ha dicho que él no oyó nada anormal durante la noche del sábado al domingo. Al parecer, tiene el sueño muy profundo.

—En efecto, muy profundo —confirmó ella exhalando un poco de humo.

—¿Usted tampoco oyó nada?

—No, nada especialmente anormal. —Hablaba lentamente, como una extranjera que piensa las frases en su idioma y luego las traduce—. Ya ve que estamos junto a una carretera nacional. La circulación apenas disminuye de noche. Cada día, a partir de las ocho de la noche, pasan los camiones que se dirigen a Les Halles, y hacen mucho ruido. El sábado, además, están los turistas que van a las orillas del Loira y del Sologne. Nuestro sueño se ve interrumpido por ruidos de motores, frenos, gritos. Si la casa no fuera tan barata...

—¿Alguna vez oyó hablar de Goldberg?

—Nunca.

Fuera, todavía no era noche cerrada. En el césped, de un verde uniforme, daba la impresión de que se podían contar las briznas de hierba, por la claridad con que se destacaban.

El jardín, pese a la falta de cuidados, conservaba la armonía de un decorado de ópera. Cada seto, cada árbol, e incluso cada rama, estaban en el lugar que les correspondía. Y el horizonte —todo campos y el tejado de una granja— cerraba esta especie de sinfonía de la región de Ile-de-France.

En el salón ocurría todo lo contrario: viejos muebles, lomos de libros extranjeros, palabras que Maigret no entendía, y los dos extranjeros, el hermano y la hermana, especialmente ésta, que ponían una nota discordante.

Tal vez una nota demasiado voluptuosa, demasiado lasciva. No obstante, la mujer no era provocativa, sino sencilla en sus gestos y actitudes.

Pero esa sencillez no encajaba con el decorado. ¡El comisario habría entendido mejor a las tres viudas y sus monstruosos sentimientos!

—¿Me permite que vea la casa?

Ni Carl ni Else titubearon lo más mínimo. Él levantó la lámpara y ella se sentó en un sillón.

—Si quiere seguirme...

—Supongo que pasan muchas horas en este salón.

—Sí. Yo trabajo en él y mi hermana pasa aquí la mayor parte del día.

—¿No tienen sirvientes?

—Usted ya sabe lo que gano: demasiado poco para que pueda permitirme tener servicio.

—¿Quién prepara las comidas?

—Yo.

Lo dijo con la mayor naturalidad, sin malestar ni vergüenza, y cuando los dos hombres llegaron a un pasillo, Andersen empujó una puerta y con la lámpara iluminó la cocina diciendo:

—Tendrá que disculpar el desorden.

Más que desorden era sordidez. Un hornillo de alcohol con restos de leche hervida, de salsas, de grasa, sobre una mesa cubierta con un retal de hule. Mendrugos resecos. Un trozo de escalope en una sartén abandonada sobre la mesa y el fregadero lleno de platos sucios.

Cuando regresaron al pasillo, Maigret dirigió una mirada al salón, que ya no estaba iluminado y en el que sólo brillaba la punta del cigarrillo de Else.

—No utilizamos el comedor ni el saloncito que da a la fachada. ¿Quiere verlos?

La lámpara iluminó el suelo de parquet, bastante bonito, muebles amontonados y patatas extendidas en el suelo. Los postigos estaban cerrados.

—Los dormitorios están arriba.

La escalera era ancha. Un escalón crujía. El olor a perfume, a medida que se subía, se hacía más denso.

—Este es mi dormitorio.

Un simple jergón colocado en el suelo a modo de diván. Un lavabo rudimentario. Un gran ropero estilo Luis XV. Un cenicero desbordante de colillas.

—¿Fuma usted mucho?

—Por la mañana, mientras leo en la cama, puede que unos treinta cigarrillos. —Ante la puerta situada frente a la suya, dijo muy rápidamente—: El dormitorio de mi hermana.

Pero no la abrió. Y puso mala cara cuando Maigret giró el pomo y empujó la puerta.

Andersen se limitó a iluminar la habitación, sin entrar del todo. El perfume era tan fuerte que se pegaba a la garganta.

La casa entera carecía de estilo, de orden, de lujo. Parecía un campamento, y sólo se utilizaban algunas estancias.

Pero en esa habitación el comisario adivinó, en el claroscuro, como un oasis cálido y mullido. Sólo se veía el parquet recubierto de pieles de animales, entre ellas una espléndida piel de tigre que servía de alfombrilla de cama.

Esta era de ébano, cubierta de terciopelo negro. Sobre el terciopelo había ropa interior de seda, arrugada.

Andersen iba alejándose con la lámpara por el pasillo, y Maigret lo siguió.

—Hay otras tres habitaciones, sin ocupar.

—Veo que la de su hermana es la única que da a la carretera.

Carl no contestó y señaló una angosta escalera.

—Es la escalera de servicio, pero no la utilizamos. Si quiere ver el garaje...

Bajaron, uno tras otro, a la luz temblorosa de la lámpara de petróleo. El salón, salvo el punto rojo de un cigarrillo, estaba a oscuras.

A medida que Andersen se acercaba, la luz invadió la habitación. Else, semitendida en el sillón, miró con indiferencia a los dos hombres.

—Carl, no has ofrecido té al comisario.

—Gracias. Nunca tomo té.

—Yo sí deseo tomarlo. ¿Quiere un whisky? O bien... ¡Carl, por favor!

Y Carl, confuso y nervioso, dejó la lámpara y encendió un pequeño hornillo que estaba debajo de una tetera de plata.

—¿Qué puedo ofrecerle, comisario?

Maigret no lograba precisar el origen de su malestar. La atmósfera era, en su conjunto, íntima y desordenada. Grandes flores con pétalos de color violáceo se abrían sobre el caballete.

—En suma —dijo Maigret—, alguien robó el vehículo de Monsieur Michonnet. Goldberg fue asesinado en ese coche y luego lo llevaron a su garaje. Y su 5 CV lo dejaron a su vez en el garaje del agente de seguros.

—Increíble, ¿verdad? —Else hablaba con voz dulce y cantarina, y encendió otro cigarrillo—. Mi hermano decía que nos acusarían a nosotros porque el muerto fue descubierto en nuestra casa. Y decidió huir. Yo no quería. Estaba segura de que entenderían que, si realmente lo hubiéramos matado, no tendríamos ningún interés en... —Se interrumpió y buscó con la mirada a Carl, que escudriñaba desde un rincón—. Bueno, ¿no ofreces nada al comisario?

—Perdón. Re..., resulta que ya no queda...

—¡No cambiarás nunca! No piensas en nada. Tendrá usted que disculparnos, Monsieur...

—... Maigret.

—Monsieur Maigret. Tomamos muy poco alcohol y...

Se oyeron pasos en el jardín, y Maigret adivinó la silueta del brigada Lucas, que lo buscaba.

La noche de la encrucijada

—¿Qué ocurre, Lucas? —preguntó Maigret, de pie ante la puerta acristalada. A sus espaldas quedaba la turbia atmósfera del salón, y frente a él la cara de Lucas, envuelta en la húmeda penumbra del jardín.

—Nada, comisario. Lo buscaba.

Lucas, algo confuso, intentaba echar una mirada al interior por encima de los hombros del comisario.

—¿Me has reservado una habitación?

—Sí. Han enviado un telegrama para usted. La señora Goldberg llega esta noche en coche.

Maigret se volvió. Andersen esperaba con la cabeza ligeramente inclinada; Else fumaba y movía el pie con impaciencia.

—Mañana pasaré para interrogarles de nuevo —les anunció—. Mis respetos, señorita.

Ella lo despidió con aires condescendientes. Carl se empeñó en acompañar a los dos policías hasta la verja.

—¿No quiere ver el garaje?

—Mañana.

—Comisario, es posible que mi intervención

le parezca equívoca. Quisiera decirle, además, que estoy a su total disposición, y si puedo serle útil en algo... Sé que soy extranjero, y que además pesan sobre mí los cargos más graves. Razón de más para que haga lo imposible a fin de que el culpable sea descubierto. No tome en consideración mi torpeza.

Maigret le hundió la mirada en los ojos. Una pupila triste se desvió lentamente. Carl Andersen cerró la verja y entró en la casa.

—¿Qué te ha pasado, Lucas?

—No estaba tranquilo. Hace un rato, al volver de Avrainville, esta encrucijada, no sé por qué, me produjo de repente una impresión muy desagradable. —Caminaban los dos en la oscuridad, por el arcén de la carretera. Pasaban pocos vehículos—. He intentado reconstruir mentalmente el crimen —prosiguió— y, cuanto más lo pienso, más me sorprende todo.

Habían llegado a la altura de la casita de los Michonnet, que era como uno de los vértices de un triángulo; los otros ángulos los formaban, por una parte, la gasolinera y, por otra, la casa de las Tres Viudas.

Cuarenta metros separaban la gasolinera y la casa de los Michonnet. Cien metros separaban a éstos de los Andersen.

Los unía la cinta regular y lisa de la carretera, flanqueada, como un río, por altos árboles.

No se veía luz alguna en la casa de las Tres Viudas. Había dos ventanas iluminadas en casa del agente de seguros, pero las oscuras cortinas sólo dejaban filtrar un hilo de luz, irregular, lo cual demostraba que alguien apartaba de vez en cuando la cortina para mirar hacia el exterior.

En la gasolinera se veían los discos amarillentos de los surtidores de gasolina y un rectángulo de potente luz procedente del taller, donde sonaban unos martillazos.

Los dos hombres se habían detenido y Lucas, uno de los más antiguos colaboradores de Maigret, explicaba:

—En primer lugar, Goldberg tuvo que llegar hasta aquí. ¿Ha visto usted el cadáver en el depósito de Etampes? ¿No? Era un hombre de unos cuarenta y cinco años, de marcado tipo judío. Pequeño pero fornido, de mandíbulas fuertes y frente prominente coronada por cabellos rizados. El traje era de muy buena calidad, y la ropa interior, fina y con sus iniciales bordadas. Un hombre que llevaba sin duda una vida cómoda, acostumbrado a mandar, a gastar sin medida... Ni una mota de polvo o de barro en los zapatos de charol. Así pues, incluso en el caso de que llegara a Arpajon en tren, no recorrió a pie los tres kilómetros que lo separaban de esa localidad. Seguramente vino de París, o quizá de Amberes, en coche. El médico forense afirma que ya había digerido la cena en el momento de la muerte, que fue instantánea. Sin embargo, en el estómago encontraron una cantidad considerable de *champagne* y de almendras tostadas. Ningún establecimiento de Arpajon vendió *champagne* la noche del sábado al domingo, y le desafío a encontrar almendras tostadas en toda la zona.

Un camión pasó a cincuenta por hora produciendo el mismo estruendo que un montón de chatarra.

—Mire el garaje de los Michonnet, comisario. Hacía sólo un año que el agente de seguros poseía un vehículo. Su primer coche era un viejo cacharro, y se contentaba con ponerlo a cubierto bajo ese cobertizo de tablones que da a la carretera y que está cerrado con un candado. A ese cobertizo fueron a buscar el seis cilindros nuevo. Quien fuera, tuvo que llevarlo a la casa de las Tres Viudas, abrir la verja y el garaje, sacar de allí el trasto de Andersen y poner en su lugar el coche de Michonnet. ¡Ah!, y además instalar a Goldberg en el volante y matarlo disparándole una bala a quemarropa. ¡Nadie vio ni oyó nada! *¡Y nadie tiene coartada!* No sé si usted ha tenido la misma impresión que yo. Al volver de Avrainville, hace un rato, sentí como si perdiera el equilibrio. Me pareció que el caso se presentaba mal, que tenía un carácter anormal, como perverso.

»Entonces me dirigí a la verja de la casa de las Tres Viudas. Sabía que usted andaba por allí. Aunque la fachada estaba a oscuras, vi un resplandor amarillento en el jardín. Es una idiotez, lo sé perfectamente, pero debo confesar que sentí miedo. Por usted, ¿me entiende? Ahora vuélvase con cuidado. Madame Michonnet está detrás de las cortinas... Y aunque sin duda me equivoco, juraría que la mitad de los conductores que pasan nos miran de una manera especial.

Maigret recorrió el triángulo con la mirada. La oscuridad había engullido los campos. A la derecha de la carretera nacional, frente a la gasolinera, se iniciaba el camino de Avrainville, ya no flanqueado de árboles, como la carretera, sino bordeado a un solo lado por una hilera de postes de telégrafos.

Ochocientos metros más allá se divisaban algunas luces, las de las primeras casas del pueblo.

—*Champagne* y almendras tostadas —masculló el comisario.

Se puso lentamente en marcha; luego, como un paseante ocioso, se detuvo delante de la gasolinera. Allí, bajo la potente luz de una lámpara de arco, un mecánico cambiaba la rueda de un vehículo.

En el taller, detrás de los surtidores de gasolina, hacían toda clase de reparaciones. Una docena de coches viejos y anticuados esperaban algún arreglo, y uno de ellos, sin ruedas ni motor, reducido al estado de esqueleto, colgaba de las cadenas de una polea.

—¡Vamos a cenar! ¿A qué hora dijo que llegaría la señora Goldberg?

—No lo sé. Durante la noche.

La fonda de Avrainville estaba vacía. En la sala había un mostrador de estaño, algunas botellas, una estufa enorme, un pequeño billar con las bandas duras como piedras y el paño agujereado y, por último, un perro y un gato acostados juntos.

El dueño sirvió la mesa mientras su mujer freía escalopes en la cocina.

—¿Cómo se llama el dueño de la gasolinera? —preguntó Maigret comiendo una sardina a modo de entremés.

—Monsieur Oscar.

—¿Hace mucho que se instaló Oscar en la encrucijada?

—Puede que ocho años, puede que diez. Yo tengo una carreta y un caballo, de modo que...

Y el hombre siguió sirviéndoles con escaso entusiasmo. No era locuaz. Tenía más bien la mirada socarrona de los desconfiados.

—¿Y Monsieur Michonnet?

—Es el agente de seguros —dijo, y dio por terminada la respuesta—. ¿Tomarán vino blanco o tinto?

Tras manipular largo rato, tratando de retirarlo, un pedazo de corcho que había caído en la botella, acabó por trasvasar el vino a una jarra.

—¿Y los de la casa de las Tres Viudas?

—La verdad, casi ni los conozco. Por lo menos a la señora, porque creo que vive allí una señora. La carretera nacional ya no es Avrainville.

—¿Muy hechos? —gritó su mujer desde la cocina.

Maigret y Lucas acabaron por callar y ensimismarse cada uno en sus pensamientos. A las nueve, después de tomar un aguardiente, regresaron a la carretera. Pasearon un poco y luego se dirigieron hacia la encrucijada.

—No llega.

—Siento curiosidad por saber qué vino a hacer Goldberg aquí. ¡*Champagne* y almendras tostadas! ¿Encontraron diamantes en sus bolsillos?

—No, sólo dos mil francos y poco más en su cartera.

La gasolinera seguía iluminada. Maigret descubrió que la casa del dueño, Oscar, se alzaba detrás del taller, de modo que desde donde estaban no veían las ventanas.

El mecánico, en mono, comía sentado en el

estribo de un vehículo. De repente, el dueño salió de la oscuridad de la carretera, a pocos pasos de los policías.

—¡Buenas noches, señores!

—Buenas noches —gruñó Maigret.

—¡Bonita noche! Si esto sigue así, tendremos un tiempo magnífico para Pascua.

—Dígame —preguntó bruscamente el comisario—, ¿su taller permanece abierto toda la noche?

—Abierto no. Pero siempre hay un hombre de guardia, que se acuesta en un catre. La puerta está cerrada. Los clientes habituales llaman cuando necesitan algo.

—¿Pasan muchos vehículos de noche por la carretera?

—Muchos no, algunos. Sobre todo camiones que van a Les Halles. Esta es tierra de primicias y especialmente de berros. A veces necesitan gasolina, o bien una pequeña reparación. ¿No quiere entrar a tomar algo?

—No, gracias.

—Hace mal, pero no insisto. ¿Qué, todavía no ha resuelto esa historia de los coches? ¿Sabe? Monsieur Michonnet se va a enfadar mucho. ¡Sobre todo si no le entregan en seguida un seis cilindros! —Unos faros brillaron en la lejanía. La intensidad de la luz aumentó. Un zumbido. Pasó una sombra—. El médico de Etampes —murmuró el dueño de la gasolinera—. Lo llamaron para que acudiera a Arpajon. Su colega debió de retenerlo para cenar.

—¿Conoce usted todos los coches que pasan?

—A muchos de ellos, sí. Mire, ése que va con luces de posición lleva berros para Les Halles. Los camiones nunca se resignarán a encender los faros. ¡Y ocupan la carretera a todo lo ancho! ¡Buenas noches, Jules!

Una voz contestó desde lo alto del camión que pasaba, y al poco sólo se vio un pequeño resplandor rojo, en la parte trasera, que la noche no tardó en tragarse.

Un tren a lo lejos: una luciérnaga se estiró en el caos nocturno.

—El expreso de las nueve y treinta y dos. ¿De veras no quiere tomar nada? Oye, Jojo, cuando hayas terminado de cenar, comprueba el tercer surtidor, que está obstruido.

Otros faros. Pero el coche pasó de largo. No era la señora Goldberg.

Maigret fumaba sin parar. Abandonó a Oscar delante del taller y empezó a caminar arriba y abajo por la carretera. Lucas, que monologaba a media voz, lo seguía.

No se veía luz alguna en la casa de las Tres Viudas. Los policías pasaron unas diez veces por delante de la verja. En las diez ocasiones, Maigret alzó maquinalmente la mirada hacia la ventana que correspondía a la habitación de Else.

Después le tocaba el turno al hogar de los Michonnet, sin estilo, completamente nuevo, con la puerta de roble barnizado y un ridículo jardincillo.

Luego, la gasolinera: el mecánico reparaba el surtidor de gasolina, y Oscar, con las manos en los bolsillos, le daba consejos.

Un camión procedente de Etampes que se dirigía a París se paró para llenar el depósito. Sobre el montón de legumbres que transportaba había un hombre durmiendo: era el acompañante, que hacía la misma ruta todas las noches a la misma hora.

—¡Treinta litros!

—¿Todo bien?

—¡Todo bien!

Se oyó el embrague y el camión se alejó; abordó a sesenta por hora la bajada de Arpajon.

—Ya no vendrá —suspiró Lucas—. Sin duda ha decidido dormir en París.

Recorrieron tres veces más los doscientos metros de la encrucijada, y después el comisario torció de repente en dirección a Avrainville. Cuando llegó delante de la fonda, todas las luces, salvo una, estaban apagadas y el café parecía desierto.

—Se oye un vehículo.

Se volvieron. Era cierto. Dos faros agujereaban la oscuridad en dirección al pueblo. El coche parecía virar a escasa velocidad delante de la gasolinera. Alguien habló.

—Preguntan el camino.

Al fin el vehículo se acercó, iluminando, uno tras otro, todos los postes telegráficos. Maigret y Lucas, de pie ante la fonda, quedaron atrapados en el haz de luz.

Un frenazo. Bajó un chófer, se dirigió a la portezuela trasera y la abrió.

—¿Es aquí? —preguntó una voz de mujer desde el interior.

—Sí, señora. Avrainville. Como nos indicaron, hay una rama de abeto encima de la puerta.

Apareció una pierna enfundada en seda. Un pie se posó en el suelo. Se adivinaban las pieles. Maigret se disponía a acercarse a ella.

En ese instante se oyó un disparo, luego un grito, y la mujer, con la cabeza por delante, cayó al suelo doblada en dos y allí se quedó, hecha un ovillo, mientras una de sus piernas se desplegaba en un espasmo.

El comisario y Lucas se miraron.

—¡Ocúpate de ella! —exclamó Maigret.

Pero ya habían perdido algunos segundos. El chófer, estupefacto, seguía inmóvil. En el primer piso de la fonda se abrió una ventana.

Habían disparado desde el campo, a la dere-

cha de la carretera. Mientras corría, el comisario
sacó el revólver del bolsillo. Oía algo, unos pasos
ligeros en la tierra arcillosa. Pero no veía nada
porque los faros del coche, al iluminar con vio-
lencia una zona, dejaban el resto en la oscuridad
más absoluta.

—¡Los faros! —gritó girándose.

Al principio, nada ocurrió. Repitió esas palabras. Y entonces se produjo un error catastrófico.
El chófer, o Lucas, enfocó los faros en dirección
al comisario.

Y éste se perfiló, inmenso y negrísimo, sobre
el suelo desnudo del campo.

El asesino debía de estar más adelante, o más
a la derecha, o más a la izquierda; en cualquier
caso, fuera del círculo luminoso.

—¡Los faros, diantre! —gritó Maigret por última vez.

Apretaba los puños de rabia. Corría en zigzag,
como un conejo acosado. Debido a esa ilumina-
ción, incluso la noción de la distancia quedaba
falseada. Y de repente vio los surtidores de gasolina a menos de cien metros de él.

Después apareció muy cerca de él una forma
humana, y alguien con voz ronca preguntó:

—¿Qué ocurre?

Maigret, furioso y humillado, se paró en seco,
miró a Oscar de arriba abajo y comprobó que no
había restos de barro en sus zapatillas.

—¿No ha visto a nadie?

—Un vehículo preguntó hace poco por el camino de Avrainville.

El comisario descubrió un resplandor rojo en la carretera nacional, en la dirección de Arpajon.

—¿Y eso?

—Un camión que va a Les Halles.

—¿Se ha parado?

—El tiempo de repostar veinte litros.

Se adivinaba trajín en torno a la fonda, y los faros seguían barriendo el campo desierto. Maigret divisó de repente la casa de los Michonnet, cruzó la carretera y llamó.

Se abrió una pequeña mirilla.

—¿Quién es?

—El comisario Maigret. Quisiera hablar con Monsieur Michonnet.

Retiraron una cadena y descorrieron dos cerrojos. Una llave giró en la cerradura. Apareció Madame Michonnet, inquieta, incluso alterada, y dirigió unas miradas furtivas a ambos lados de la carretera.

—Pero ¿no lo ha visto usted?

—¿No está en casa? —gruñó Maigret con una chispa de esperanza.

—Pues... No lo sé. Yo... Acaban de disparar, ¿verdad? ¡Pero pase de una vez! —Tenía unos cuarenta años y un rostro nada agraciado, de facciones muy marcadas—. Mi marido ha salido un momento para...

A la izquierda se veía una puerta abierta, la del comedor. La mesa seguía puesta.

—¿Cuánto hace que se fue?

—No sé. Tal vez una media hora.

Algo se movía en la cocina.

—¿Tiene sirvienta?

—No. Debe de ser el gato.

El comisario abrió la puerta y vio a Monsieur Michonnet en persona. Entraba por la puerta del jardín, llevaba los zapatos llenos de barro y se secaba la frente sudorosa.

Durante un minuto los dos hombres se miraron estupefactos.

—¡Su arma! —exclamó al fin el policía.

—¿Mi qué?

—¡Su arma, rápido!

El agente de seguros sacó de un bolsillo del pantalón un pequeño revólver y se lo mostró al comisario. Pero contenía las seis balas y el cañón estaba frío.

—¿De dónde viene usted?

—De por ahí.

—¿A qué llama usted «por ahí»?

—No tengas miedo, Emile. ¡Nadie se atreverá a hacerte daño! —intervino Madame Michonnet—. Esto es demasiado, en fin... Y mi cuñado, que es juez de paz en Carcassonne...

—Un momento, señora. Estoy hablando con su marido. Viene usted de Avrainville, ¿no es así? ¿Qué ha ido a hacer allí?

—¿Avrainville? ¿Yo?

Temblaba. Intentó dominarse inútilmente. Pero su estupor no parecía falso.

—Le juro que vengo de ahí, de la casa de las Tres Viudas. Quería vigilarlos yo mismo, porque...

—¿No ha ido al campo? ¿No ha oído nada?

—¿Era un disparo? ¿Ha muerto alguien? —Sus bigotes se desplomaron. Miró a su mujer como un chiquillo mira a su madre en un momento de peligro—. Le juro, comisario, le juro... —Golpeó el suelo con el pie y dos lágrimas le brotaron de los párpados—. ¡Es increíble! —estalló—. ¡Me roban el coche! ¡Meten un cadáver dentro! ¡Se niegan a devolvérmelo, a mí, que he trabajado quince años para pagarlo! Y encima me acusan de...

—¡Cállate, Emile! ¡Yo hablaré con el comisario, yo!

Pero Maigret no le dio tiempo.

—¿Tienen otra arma?

—Sólo este revólver que compramos cuando hicimos construir la casa. Y, mire, sigue llevando las mismas balas con que lo cargó el armero.

—Monsieur Michonnet, ¿dice usted que viene de la casa de las Tres Viudas?

—Sí, tengo miedo de que vuelvan a robarme.

54

Quería investigar por mi cuenta. Así que entré en el jardín, o mejor dicho, trepé por el muro.

—¿Los ha visto?

—¿A quién? ¿A los dos? ¿A los Andersen? ¡Claro! Están allí, en el salón. Llevan una hora discutiendo.

—Dígame, cuando oyó el disparo, ¿ya volvía usted hacia aquí?

—Sí, pero no estaba seguro de que fuera un disparo. Sólo me lo pareció. Estaba preocupado.

—¿Ha visto a alguien más?

—A nadie.

Maigret se dirigió a la puerta. En cuanto la abrió, descubrió a Oscar, que caminaba precisamente hacia el umbral de la casa.

—Me envía su colega para decirle que la mujer ha muerto. El mecánico de mi taller ha ido a avisar a la gendarmería de Arpajon. De vuelta traerá a un médico. ¿Me disculpa, comisario? Tengo que irme, no puedo dejar la gasolinera sola.

En Avrainville, los faros iluminaban débilmente un fragmento de pared de la fonda, y unas sombras se movían alrededor del vehículo.

La prisionera

Maigret, cabizbajo, caminaba lentamente por el campo; aquí y allá, las mieses empezaban a colorear la tierra de verde pálido. Delante de la puerta de la fonda, en Avrainville, Lucas esperaba a los funcionarios del juzgado; entretanto, vigilaba el coche que había traído a la señora Goldberg y que ella misma había alquilado en París, en la Place de l'Opera.

El cadáver de la esposa del corredor de diamantes estaba en una cama de hierro, en el primer piso, bajo una sábana que, durante la noche, el médico había semidescubierto.

Comenzaba una hermosa jornada de abril. En el mismo campo en que Maigret, deslumbrado por los faros, había perseguido en vano al asesino y por el que ahora avanzaba paso a paso, siguiendo las huellas dejadas la noche anterior, dos campesinos llenaban un carro con las remolachas que arrancaban de un cerro; los caballos esperaban tranquilamente.

Las dos hileras de árboles de la carretera nacional cortaban el panorama. Los surtidores de gasolina, de color rojo, despedían destellos con el sol.

Maigret, lento, porfiado, quizá malhumorado, fumaba. Habían disparado contra la señora Goldberg con una carabina. Las huellas parecían indicar que el asesino no se había acercado a más de treinta metros de la fonda.

Eran unas pisadas muy corrientes, de zapatos sin clavos y no muy grandes. Las huellas describían un semicírculo que terminaba en la Encrucijada de las Tres Viudas, casi a la misma distancia de los Andersen, de los Michonnet y de la gasolinera.

¡En suma, la pista nada demostraba! No aportaba ningún elemento nuevo, y Maigret, cuando llegó a la carretera, mordía un poco más fuerte la boquilla de la pipa entre los dientes.

Vio a Oscar en la puerta de su casa, con las manos metidas en los bolsillos del pantalón, demasiado ancho, y una expresión plácida en su rostro vulgar.

—¿Ya levantado, comisario? —gritó desde el otro lado de la carretera.

En ese momento un vehículo se detuvo en la carretera, justo entre la gasolinera y Maigret. Era el pequeño 5 CV de Andersen.

El danés estaba al volante; llevaba guantes, un sombrero flexible en la cabeza y un cigarrillo en los labios. Se descubrió.

—¿Me permite dos palabras, comisario? —Había bajado la ventanilla y prosiguió con su habitual corrección—: Antes de irme, quería pedirle permiso para ir a París. Confiaba en encontrarlo aquí. Y le diré por qué debo ir: estamos a 15 de abril, hoy cobro mi trabajo en Dumas et Fils, y también hoy tengo que pagar el alquiler de la casa. —Se disculpó con una vaga sonrisa—. Ya ve usted, necesidades muy mezquinas, pero imperiosas. Necesito dinero.

Retiró por un instante su monóculo negro para fijarlo mejor y Maigret desvió la cabeza, pues no le gustaba la mirada fija del ojo de cristal.

—¿Y su hermana?

—Precisamente iba a hablarle de ella. ¿Sería pedirle demasiado que hiciera vigilar la casa de vez en cuando?

Tres vehículos oscuros procedentes de Arpajon subían la cuesta y giraron a la derecha, en dirección a Avrainville.

—¿Quiénes son? —preguntó el danés.

—Los del juzgado. La señora Goldberg fue asesinada ayer por la noche, delante de la fonda, en el momento en que bajaba de un coche.

Maigret espiaba sus reacciones. Al otro lado de la carretera, Oscar paseaba perezosamente por delante del taller.

—¿Asesinada? —repitió Carl. Y con repentino nerviosismo, añadió—: Comisario, tengo que ir a París. No puedo quedarme sin dinero, especial-

58

mente el día en que los proveedores presentan sus facturas. Pero, tan pronto como vuelva, quiero contribuir al descubrimiento del culpable. Me autorizará a hacerlo, ¿verdad? No sé nada en concreto, pero presiento..., ¿cómo le diría?, adivino la trama de algo.

Tuvo que acercarse al arcén, porque un camión que volvía de París tocó la bocina pidiendo paso.

—Váyase —le dijo Maigret.

Carl se despidió, se tomó el tiempo de encender un cigarrillo, puso el embrague, y el cacharro primero descendió y luego subió lentamente la otra cuesta.

Los tres vehículos se habían parado en la entrada de Avrainville, y se movían unas siluetas.

—¿Quiere usted tomar algo?

Maigret frunció las cejas al oír que el sonriente dueño de la gasolinera, impertérrito, seguía invitándolo a una copa.

Mientras llenaba una pipa, se dirigió a la casa de las Tres Viudas, en cuyos grandes árboles revoloteaban y piaban los pájaros. Tuvo que pasar ante la casa de los Michonnet.

Las ventanas estaban abiertas. En el primer piso, en el dormitorio, Madame Michonnet, con una cofia en la cabeza, sacudía una alfombrilla.

En la planta baja, el agente de seguros, sin el

cuello postizo, sin afeitar y despeinado, contemplaba la carretera con un aire tan lúgubre como distante. Fumaba una pipa de espuma con boquilla de cerezo silvestre. Cuando descubrió al comisario, hizo ver que vaciaba la pipa y evitó saludarlo.

Instantes después, Maigret llamaba a la verja de la casa de los Andersen. Esperó inútilmente durante diez minutos.

Todas las persianas estaban bajadas. No se oía ruido alguno, salvo el gorjeo continuo de los pájaros, que convertían cada árbol en un mundo en efervescencia.

Acabó por encogerse de hombros, examinó la cerradura y eligió una llave maestra con la que descorrió el pestillo. Al igual que la víspera, rodeó el edificio para alcanzar las puertas acristaladas del salón.

Llamó otra vez, pero nadie acudió. Entonces, testarudo y gruñón, entró. Vio un fonógrafo abierto y un disco en su interior.

¿Por qué lo puso en marcha? No habría podido decirlo. La aguja chirrió. Una orquesta argentina tocó un tango mientras el comisario subía por la escalera.

En el primer piso, la puerta del dormitorio de Andersen estaba abierta. Cerca de un perchero, Maigret descubrió unos zapatos que sin duda acababan de ser lustrados: el cepillo y la caja de crema seguían al lado, y el suelo estaba constelado de polvillo de barro.

El comisario había dibujado en un papel el perfil de las huellas descubiertas en el campo. Las comparó. La similitud era absoluta.

Sin embargo, no se inmutó. Tampoco se alegró. Seguía fumando, tan malhumorado como a la hora de despertar.

Se oyó una voz femenina.

—¿Eres tú?

Maigret tardó en responder. No veía a la que hablaba. La voz procedía del dormitorio de Else, cuya puerta estaba cerrada.

—Soy yo —acabó por articular lo más confusamente posible.

Siguió un silencio bastante largo. Y de repente oyó:

—¿Quién está ahí?

Era demasiado tarde para mentir.

—El comisario que vino ayer. Desearía hablar con usted, señorita.

Otro silencio. Maigret intentaba adivinar qué hacía ella en su habitación, pues la puerta dejaba pasar un fino hilillo de sol.

—Le escucho —dijo finalmente.

—¿Sería tan amable de abrirme la puerta? Si no está vestida, puedo esperar.

Otro irritante silencio. Una risita.

—Me pide una cosa difícil, comisario.

61

—¿Por qué?

—Porque estoy encerrada. Tendrá que hablarme sin verme.

—¿Quién la ha encerrado?

—Mi hermano Carl. Se lo pido yo cuando él se marcha, porque me dan mucho miedo los vagabundos.

Maigret, en silencio, sacó la llave maestra del bolsillo y la introdujo en la cerradura. Se le hizo un nudo en la garganta. ¿Es posible que cruzaran por su mente ideas equívocas?

Cuando la cerradura cedió, no empujó la puerta inmediatamente y prefirió anunciar:

—Voy a entrar, señorita.

Al abrir tuvo una extraña impresión: estaba en un pasillo al que no llegaba el sol, con las lámparas sin encender, y de repente penetraba en un ámbito lleno de luz.

Aunque las persianas estaban bajadas, los listones horizontales dejaban pasar amplias franjas de sol.

Toda la habitación era un rompecabezas de luz y sombras. Las paredes, los objetos, incluso el rostro de Else, parecían como recortados en tiras luminosas.

A eso había que añadir el denso perfume de la joven y otros detalles imprecisos: prendas interiores de seda arrojadas sobre una butaca, un cigarrillo oriental que ardía en un cuenco de por-

celana sobre un velador lacado, y Else, finalmente, con una bata granate, tendida sobre un
diván de terciopelo negro.

Esta, con las pupilas desmesuradamente abiertas, vio acercarse a Maigret con divertido estupor,
mezclado quizá con una pizca de miedo.

—¿Qué quiere?

—Deseaba hablar con usted. Discúlpeme si la
molesto.

Ella soltó una carcajada infantil. Uno de sus
hombros asomó de la bata, y se apresuró a cu-
brírselo. Seguía acostada, o mejor dicho, acurru-
cada en el diván que, como el resto del decorado,
el sol partía a rayas.

—Ya ve, no hacía gran cosa. ¡Nunca hago
nada!

—¿Por qué no ha acompañado a su hermano
a París?

—No me deja. Opina que, cuando se habla de
negocios, la presencia de una mujer es un estorbo.

—¿Jamás abandona usted la casa?

—Sí. Para pasear por el jardín.

—¿Eso es todo?

—Tiene tres hectáreas, es suficiente para des-
entumecer un poco las piernas, ¿no le parece?
Pero siéntese, comisario. Me divierte verlo aquí,
a escondidas.

—¿Qué quiere decir?

—Me refiero a la cara que pondrá mi hermano

cuando vuelva. Es más terrible que una madre. ¡Más terrible que un amante celoso! El me cuida y, como puede comprobar, se lo toma todo muy en serio.

—Yo creía que usted quería estar encerrada por miedo a los malhechores.

—También es eso. Me he acostumbrado tanto a la soledad que he acabado por tener miedo de la gente.

Maigret se había sentado en una butaca y dejó sobre la alfombra su sombrero hongo. Cada vez que Else lo miraba, él desviaba la cara, pues no conseguía acostumbrarse a esa mirada.

El día anterior sólo le había parecido misteriosa. Casi hierática, en la penumbra parecía una heroína de la pantalla, y la entrevista había sido muy teatral.

Ahora intentaba descubrir el aspecto humano de aquella mujer, pero había otra cosa que lo inquietaba: la intimidad de su conversación a solas.

Se hallaban en una habitación perfumada, ella acostada, en bata, balanceando una chinela en la punta de su pie desnudo, y Maigret, de mediana edad, un poco sonrojado, el sombrero hongo abandonado en el suelo...

¿No era como una estampa de la revista *La Vie Parisienne?*

Con bastante torpeza, se guardó la pipa en un bolsillo sin vaciarla.

—En suma, ¿se aburre aquí?

—No, sí... No lo sé. ¿Quiere un cigarrillo?

Le ofreció un paquete de tabaco turco en el que se veía el precio, 20,65 francos, y Maigret recordó que la pareja tenía que apañárselas con dos mil francos al mes y que Carl se veía obligado a cobrar por su trabajo antes de pagar el alquiler de la casa y a los proveedores.

—¿Fuma usted mucho?

—Un paquete o dos al día.

Ella le tendió un encendedor finamente cincelado y suspiró hinchando el pecho, lo que ensanchó su escote.

Pero el comisario no quería juzgarla apresuradamente. Entre las gentes que frecuentan los hoteles de lujo, había visto a fastuosas extranjeras que un pequeñoburgués habría tomado por prostitutas.

—¿Salió anoche su hermano?

—¿Usted cree...? La verdad es que lo ignoro.

—¿No pasó usted la noche discutiendo con él?

Sonrió mostrando sus magníficos dientes.

—¿Quién se lo ha contado? ¿Carl? A veces discutimos, pero civilizadamente. Mire, ayer le reproché que le hubiera recibido mal a usted. ¡Es tan salvaje! Ya lo era de muy joven...

—¿Vivían ustedes en Dinamarca?

—Sí, en un gran castillo junto al Báltico, un castillo muy triste, muy blanco, rodeado de vegetación gris. ¿Conoce usted el país? Es tan lúgubre y, sin embargo, tan hermoso... —Su mirada se llenó de nostalgia. Su cuerpo experimentó un estremecimiento voluptuoso—. Teníamos mucho dinero, pero nuestros padres eran muy severos, como la mayoría de los protestantes. A mí no me interesa la religión; Carl, en cambio, sigue siendo muy creyente. Un poco menos que su padre, que perdió toda su fortuna por culpa de sus escrúpulos. Carl y yo abandonamos el país.

—¿Hace tres años?

—Sí. Piense que mi hermano estaba destinado a ser un alto dignatario de la Corte, y ahora se ve obligado a ganarse la vida dibujando unas telas espantosas. En París, en los hoteles de segunda e incluso de tercera categoría en los que teníamos que alojarnos, se sintió terriblemente desgraciado. Tuvo el mismo preceptor que el príncipe heredero. Y prefirió enterrarse aquí...

—... ¡y enterrarla a usted al mismo tiempo!

—Sí. Pero ya estoy acostumbrada, en el castillo de mis padres también era una prisionera. Alejaban a todas las que hubieran podido ser amigas mías con el pretexto de que eran de condición demasiado baja. —La expresión de su rostro cambió con una curiosa rapidez—. ¿Cree usted que Carl se ha vuelto..., cómo lo diría..., anormal?

Y se inclinó como si deseara saber cuanto antes la opinión del comisario.

—¿Teme usted que...? —se asombró Maigret.

—¡Yo no he dicho eso! ¡Yo no he dicho nada! Perdóneme. Usted me hace hablar. No sé por qué lo trato con tanta confianza. Sin embargo, él...

—... ¿a veces está extraño?

Ella se encogió cansadamente de hombros, cruzó las piernas, las descruzó y por último se levantó, mostrando por un instante, entre los faldones de la bata, un atisbo de carne.

—¿Qué quiere que le diga? Ya no lo sé. Después de esa historia del coche... ¿Y por qué tendría que haber matado Carl a un hombre que no conoce?

—¿Está segura de que usted jamás había visto a Isaac Goldberg?

—Sí, estoy segura. Creo que nunca lo vi.

—¿Estuvieron usted y su hermano alguna vez en Amberes?

—Pasamos allí una noche, hace tres años, viniendo de Copenhague... ¡No!, mi hermano no es capaz de eso. Tal vez se haya vuelto un poco extraño, pero estoy convencida de que es más a causa de su accidente que de nuestra ruina. Era muy guapo, y lo sigue siendo cuando lleva su monóculo. ¡Si se lo quitara! ¿Se lo imagina usted besando a una mujer sin su cristal negro? Ese ojo inmóvil en una carne rojiza... —Se estremeció—. Seguramente, por eso se oculta.

—Pero, al mismo tiempo, ¡la oculta a usted!

—Qué más da.

—Usted se sacrifica.

—Es el papel que le corresponde a una mujer, sobre todo a una hermana. En Francia no es exactamente igual. En nuestro país, como en Inglaterra, sólo cuenta el primogénito, el heredero del apellido. —Se la veía nerviosa. Fumaba a bocanadas más breves, más densas. Mientras caminaba, los rayos de luz morían sobre ella—. ¡No! Carl no ha podido matar a nadie. Es un error. Seguro que usted lo puso en libertad porque lo entendió. A menos...

—¿A menos...?

—De todos modos, usted no me lo dirá. Yo sé que a veces, por falta de pruebas de cargo suficientes, la policía pone en libertad a un sospechoso para después poder atraparlo con más pruebas inculpatorias. ¡Sería odioso! —Aplastó el cigarrillo en el cuenco de porcelana—. Si no hubiéramos elegido esta encrucijada siniestra... ¡Pobre Carl, él que buscaba la soledad! Pero estamos menos solos, comisario, que en el barrio más populoso de París. Tenemos a toda esa gente, esos pequeñoburgueses insoportables y ridículos que nos espían. Sobre todo la mujer, con su cofia blanca por la mañana y su moño torcido por la tarde. También está la gasolinera, algo más lejos. Tres grupos, tres bandos, diría yo, a igual distancia los unos de los otros.

—¿Se relacionan ustedes con los Michonnet?

—¡No! El hombre vino una vez para hablar de un seguro. Carl no lo recibió.

—¿Y el dueño de la gasolinera?

—Jamás ha puesto los pies aquí.

—¿Fue realmente su hermano quien, el domingo por la mañana, propuso que huyeran?

Ella permaneció callada largo rato, cabizbaja y con las mejillas encendidas.

—No —suspiró finalmente con voz apenas perceptible.

—¿Fue usted?

—Fui yo, sí. Aún no había reflexionado. Me enloquecía sólo pensar que Carl hubiera podido cometer un crimen. El día antes lo había visto atormentado, de modo que lo arrastré.

—Y él, ¿no le juró que era inocente?

—Sí.

—¿No le creyó usted?

—No inmediatamente.

—¿Y ahora?

Se tomó su tiempo para responder, y lo hizo espaciando cada sílaba:

—Creo que, pese a todas sus desdichas, Carl es incapaz, por su propia voluntad, de cometer una mala acción. Ahora, comisario, debo advertirle que no tardará en regresar. Si lo encuentra aquí, Dios sabe lo que pensará. —Esbozó una sonrisa bajo la que se ocultaba cierta coquetería y también una pizca de provocación—. Usted lo defenderá, ¿verdad? ¿Lo sacará de todo esto? Le estaría tan agradecida... —Le tendió la mano y la bata se entreabrió una vez más—. Hasta la vista, comisario.

El recogió su sombrero y salió caminando de lado.

—¿Podría cerrar la puerta para que él no se entere de que ha venido usted?

Instantes después Maigret bajaba la escalera, cruzaba el salón, con aquellos muebles tan dispares, y llegaba a la terraza bañada por los rayos ya cálidos del sol.

Los coches zumbaban en la carretera. Maigret cerró la verja sin que ésta chirriara.

Al pasar por delante de la gasolinera, una voz burlona le gritó:

—¡Magnífico! Por lo menos usted no tiene miedo. —Y Oscar, populachero y jovial, añadió—: ¡Vamos! Decídase a entrar a tomar algo. Los señores de la toga ya se han ido. Dispone usted de un rato libre.

El comisario dudó e hizo una mueca como de dentera, porque un mecánico había hecho chirriar su lima sobre una pieza de acero atenazada en un torno.

—¡Diez litros! —reclamó un automovilista cerca de uno de los surtidores—. ¿No hay nadie aquí?

Monsieur Michonnet, que todavía no se había afeitado ni colocado el cuello postizo, seguía de pie en su minúsculo jardín, contemplando la carretera por encima de la valla.

—¡Al fin! —exclamó Oscar al ver que Maigret se disponía a seguirlo—. A mí me gustan las personas que no se andan con cumplidos, y no los aristócratas de las Tres Viudas.

El coche abandonado

—¡Por aquí, comisario! Aunque le advierto que no encontrará lujos. Ya sabe, nosotros sólo somos unos humildes trabajadores.

Empujó la puerta de la casa, situada detrás del taller, y entraron directamente en una cocina que debían de utilizar también como comedor, porque en la mesa estaban aún los cubiertos del desayuno.

Al verlos, una mujer en bata de crespón rosa dejó de frotar un grifo de cobre.

—Acércate, preciosa. Te presento al comisario Maigret. ¡Mi mujer, comisario! Podríamos pagar una fregona, pero entonces Germaine no tendría nada que hacer y se aburriría.

No era ni guapa ni fea. Debía de tener unos treinta años. Con su bata en absoluto seductora, se quedó como envarada delante de Maigret, mirando a su marido.

—¡Hala, sírvenos un aperitivo! ¿Un licor de casis, comisario? ¿Quiere que lo reciba en la sala?... ¿No? ¡Mejor que mejor! A mí me gustan las cosas con naturalidad, ¿no es verdad, preciosa? ¡No! ¡Esos vasos, no! ¡Los grandes! —Se arrellanó en su silla. Llevaba una camisa rosa, sin chaleco, y se metía las manos bajo el cinturón, sobre el vientre rollizo—. ¿Excitante, verdad, la mujer de las Tres Viudas? Esto no hay que repetirlo demasiadas veces delante de mi esposa, pero, entre nosotros, es un bonito regalo para cualquier hombre, ¿no? Sólo que está el hermano, un triste caballero que se pasa el día espiándola. En el pueblo dicen que, cuando se marcha por una hora, la encierra bajo doble llave, y que todas las noches hace lo mismo. ¿A usted le parece que eso suena a hermano y hermana? ¡A su salud! Oye, guapa, ve y dile a Jojo que no se olvide de reparar el camión del tipo de Lardy.

Maigret se giró hacia la ventana porque acababa de oír el ruido de un motor que le recordaba el de un 5 CV.

—¡No es él, comisario! Desde aquí, con los ojos cerrados, puedo decirle exactamente quién pasa por la carretera. Ese cacharro es del ingeniero de la central eléctrica. ¿Está usted esperando a que vuelva nuestro aristócrata?

Un despertador colocado sobre un estante señalaba las once. Por una puerta abierta, Maigret vio un pasillo en el que había un teléfono de pared.

—¿Usted no bebe? En fin, ¡brindo por su investigación! ¿No le parece divertida esta historia? La idea de cambiar los coches, y sobre todo la de robar el seis cilindros al idiota de enfrente... ¡Porque es eso, un idiota! ¡Le juro que vamos servidos en materia de vecinos! Me he divertido viendo sus idas y venidas desde ayer, y sobre todo esa manera de mirar de reojo a las personas, como si sospechara de todas. Resulta que un primo de mi mujer también es policía. Servía en la brigada de juegos. Iba todas las tardes a las carreras, y lo más gracioso es que me pasaba información. ¡A su salud! ¿Qué, guapa, ya se lo has dicho?

—Sí.

La joven, que acababa de entrar, se preguntó por un momento qué debía hacer.

—¡Ven! Toma una copa con nosotros. El comisario no es orgulloso y no se negará a brindar contigo porque lleves rulos en el pelo.

—¿Me permite que haga una llamada? —interrumpió Maigret.

—¡No faltaría más! Dé vueltas a la manivela. Si quiere llamar a París, le dan línea inmediatamente.

Buscó en la guía el número de Dumas et Fils, la empresa de tejidos a la que Carl Andersen había ido para cobrar su dinero.

La conversación fue breve. Habló con el cajero, y éste le confirmó que Andersen tenía que cobrar dos mil francos ese día, pero añadió que todavía no se había presentado en las oficinas, en la Rue du 4-Septembre.

Cuando Maigret regresó a la cocina, Oscar se frotaba las manos.

—¿Sabe? No tengo ningún reparo en confesarle que todo esto me encanta. ¡Porque, claro está, me conozco el percal! Se comete un crimen en la encrucijada. Como aquí sólo vivimos tres familias, es evidente que sospechan de las tres. ¡Claro que sí! No se haga el inocente: me he dado cuenta de que me miraba de reojo y de que no se decidía a tomar una copa conmigo. ¡Tres casas! El agente de seguros es demasiado estúpido para poder planear un asesinato. El aristócrata es un caballero que impone mucho respeto. Entonces sólo queda un servidor, un pobre diablo, un trabajador que ha acabado por convertirse en patrón pero que no sabe hablar. ¡Un antiguo boxeador! Si pide informes sobre mí a la policía de París, le dirán que me detuvieron en dos o tres redadas, porque me gustaba ir a bailar alguna que otra java a la Rue de Lappe, sobre todo en la época en que boxeaba. Otra vez le partí la cara a un agente que me buscaba las cosquillas. ¡A su salud, comisario!

—No, gracias.

—¿Cómo? ¿Lo rechaza? Pero si un casis no hace daño a nadie... Entiéndame, a mí me gusta jugar limpio. Me molesta verlo dar vueltas alrededor de mi gasolinera mirándome por encima del hombro. ¿No es verdad, preciosa? ¿No te lo decía anoche? El comisario está ahí: ¡pues bien, que entre, que busque por todas partes, que me registre! Y luego que reconozca que soy un buen muchacho, más bueno que el pan. En fin, lo que más me apasiona de esta historia son los coches. Porque, en el fondo, es un asunto de coches...

¡Las once y media! Maigret se levantó.

—Tengo que hacer otra llamada.

Con expresión preocupada, pidió por la Policía Judicial y ordenó a un inspector que enviara las señas del 5 CV de Andersen a todas las gendarmerías y a los puestos fronterizos.

Oscar, que había tomado cuatro vasos de licor de casis, tenía las mejillas sonrosadas y los ojos brillantes.

—Seguro que se negará a comer un guisado de ternera con nosotros, sobre todo porque aquí comemos en la cocina... ¡Bueno! Ahí está el camión de Groslumeau, que vuelve de Les Halles. ¿Me disculpa, comisario?

Salió. Maigret se quedó a solas con la joven, que removía el guisado con una cuchara de madera.

—Un hombre muy simpático, su marido.

—Sí. Tiene buen humor.

—Aunque a veces es brutal, ¿verdad?

—No le gusta que le lleven la contraria, pero es un buen chico.

—¿Un poco mujeriego, tal vez?

Ella no contestó.

—Apuesto a que, de vez en cuando, se corre una buena juerga.

—Como todos los hombres.

La voz se volvía amarga. Se oía el rumor de una conversación en el taller.

—Deja eso ahí. ¡Bien, sí! Mañana por la mañana te cambiaremos los neumáticos traseros.

Oscar regresó exultante. Parecía a punto de ponerse a cantar o de hacer una locura.

—¿De veras no quiere comer con nosotros, comisario? Sacaría un buen vinito de la bodega. ¿Por qué pones esa cara, Germaine? ¡Estas mujeres! Son incapaces de aguantar dos horas sin cambiar de humor.

—Tengo que volver a Avrainville —dijo Maigret.

—¿Quiere que lo lleve? Dentro de un minuto...

—Gracias. Prefiero caminar.

Al salir al exterior, un sol abrasador recibió a Maigret, y a lo largo del camino de Avrainville lo precedió una mariposa amarilla.

A cien metros de la fonda vio al brigada Lucas, que iba a su encuentro.

—¿Qué tal?

—Lo que usted sospechaba. El médico ya ha extraído la bala, y, en efecto, es de una carabina.

—¿Nada más?

—Sí. Tenemos los informes de París. Isaac Goldberg llegó en su vehículo, un Minerva con el que solía desplazarse y que conducía él mismo. Debió de recorrer el trayecto desde París a la encrucijada en ese coche.

—¿Eso es todo?

—Esperamos informaciones de la Seguridad belga.

El coche de alquiler que había traído a la señora Goldberg ya había regresado a París, al igual que el chófer.

—¿Y el cuerpo?

—Se lo han llevado a Arpajon. El juez de instrucción, muy inquieto, me pidió que le dijera a usted que se diera prisa. Teme que los diarios de Bruselas y de Amberes den excesiva publicidad al caso.

Maigret se puso a canturrear, entró en la fonda y se sentó a su mesa.

—¿Tienen teléfono? —preguntó.

—Sí. Pero no funciona entre las doce y las dos. Son las doce y media.

El comisario comió en silencio y Lucas comprendió que estaba preocupado. En varias ocasiones, el brigada intentó inútilmente iniciar una conversación.

Era uno de esos hermosos primeros días de primavera. Después de comer, Maigret arrastró su silla al patio, la instaló junto a un muro, entre las gallinas y los patos, y echó una siesta de media hora al sol.

A las dos en punto ya estaba en pie, pegado al teléfono.

—¡Sí! ¿La Policía Judicial? ¿No han encontrado el 5 CV?

Salió a dar vueltas por el patio. Diez minutos después fueron a buscarlo porque lo llamaban por teléfono. Era del Quai des Orfèvres.

—¿Comisario Maigret? Acabamos de recibir una llamada de Jeumont. El vehículo está allí, abandonado delante de la estación de ferrocarril. Suponen que su ocupante ha cruzado la frontera a pie o en tren.

Maigret colgó y al momento pidió una llamada con Dumas et Fils. Le dijeron que Andersen no se había presentado a cobrar los dos mil francos.

Cuando, alrededor de las tres, Maigret, acompañado de Lucas, pasó cerca de la gasolinera, Oscar salió de detrás de un coche y exclamó alegremente:

—¿Todo bien, comisario?

Maigret se limitó a gesticular con la mano y prosiguió su camino hacia la casa de las Tres Viudas.

Las puertas y las ventanas de la casa de los Michonnet estaban cerradas, pero, una vez más, vieron moverse una cortina en la ventana del comedor.

Al parecer, el buen humor del dueño de la gasolinera había logrado enfurruñar al comisario, que fumaba a bocanadas rabiosas.

—Dado que Andersen ha escapado... —apuntó Lucas en tono conciliador.

—¡Quédate aquí!

Como había hecho por la mañana, primero entró en el jardín de los Andersen y después en la casa. En el salón olisqueó algo, miró rápidamente a su alrededor y descubrió una columna de humo en un rincón: alguien había fumado hacía muy poco.

Fue instintivo. Se llevó la mano a la culata del revólver antes de subir la escalera. Desde allí oyó música de un fonógrafo y reconoció el tango que había puesto por la mañana.

El sonido provenía de la habitación de Else. Cuando llamó a la puerta, la música enmudeció.

—¿Quién está ahí?

—El comisario.

Una risita.

—En tal caso, ya conoce usted la maniobra para entrar. Yo no puedo abrirle.

Una vez más, Maigret utilizó la llave maestra. La joven estaba vestida. Llevaba el mismo traje negro de la víspera, que destacaba sus formas.

—¿Es usted quien ha impedido regresar a mi hermano?

—¡No! No he vuelto a verlo.

—Entonces es que la empresa Dumas no tenía la factura preparada. Ocurre a veces, y tiene que volver por la tarde.

—¡Su hermano ha intentado pasar la frontera belga! Y al parecer lo ha conseguido.

Ella lo miró con estupor, y también con incredulidad.

—¿Carl?

—Sí.

—Usted quiere ponerme a prueba, ¿verdad?

—¿Sabe usted conducir?

—¿Conducir qué?

—Un coche.

—No. Mi hermano nunca ha querido enseñarme.

Maigret no se había sacado la pipa de la boca ni quitado el sombrero.

—¿Ha salido de esta habitación?

—¿Quién? ¿Yo?

Rió. Una risa franca y perlada. En ese momento pareció envolverla lo que los cineastas norteamericanos llaman *sex-appeal*.

Hay mujeres bellas que no son seductoras; otras, en cambio, pese a que sus facciones son menos atractivas, despiertan el deseo, o una nostalgia sentimental.

Else provocaba ambas cosas. Era a la vez mujer y niña. La rodeaba una atmósfera voluptuosa.

81

Y, sin embargo, cuando miraba a alguien a los ojos, sorprendían sus límpidas pupilas de adolescente.

—No entiendo qué quiere decir.

—Hace menos de media hora alguien ha estado fumando en el salón de la planta baja.

—¿Quién?

—Eso es lo que le pregunto.

—¿Y cómo quiere que yo lo sepa?

—Esta mañana el fonógrafo estaba abajo.

—¡Imposible! ¿Cómo puedo haber...? Comisario, no sospechará usted de mí, ¿verdad? Además, lo encuentro a usted un poco raro. ¿Dónde está Carl?

—Le repito que ha cruzado la frontera.

—¡Mentira! ¡No es posible! Dígame, ¿por qué tendría que haberlo hecho? Y él jamás me habría dejado sola aquí. ¡Está loco! ¿Qué será de mí, sin nadie? —Era desconcertante: sin transición, sin grandes ademanes ni gritos, rozaba el patetismo. Y todo procedía de los ojos. Una turbación inefable. Una expresión de desasosiego, de súplica—. Dígame la verdad, comisario: Carl no es culpable, ¿verdad? Si lo fuera, significaría que se ha vuelto loco. ¡No quiero creerlo! Me asusta. En su familia...

—... ¿hay locos?

Ella volvió la cara.

—Sí, su abuelo. Murió de un ataque de locura.

Y una tía suya está encerrada. ¡Pero él no! ¡No! Lo conozco bien.

—¿Ha comido ya?

Se estremeció, miró a su alrededor y replicó asombrada:

—¡No!

—¿Y no tiene hambre? Son las tres.

—Creo que sí; tengo hambre, sí.

—En ese caso, vaya a almorzar. Ya no hay ningún motivo para que usted siga encerrada. Su hermano no volverá.

—No es verdad. Volverá. No me dejará sola.

—Venga.

Maigret ya estaba en el pasillo. Seguía fumando con el ceño fruncido y no apartaba los ojos de la joven.

Ella lo rozó al pasar, pero él permaneció insensible. Abajo, ella parecía todavía más desconcertada.

—Siempre me servía Carl. Ni siquiera sé si hay algo para comer.

En la cocina encontraron un bote de leche condensada y un panecillo.

—No puedo, estoy demasiado nerviosa. ¡Déjeme! ¡O mejor, no! No me deje sola. Esta espantosa casa nunca me ha gustado... ¿Qué es eso?

A través de la puerta acristalada, señalaba a un animal aovillado en una avenida del jardín. Un vulgar gato.

—¡Me horrorizan los animales! ¡Me horroriza el campo! Está lleno de ruidos y de crujidos que me sobresaltan. De noche, todas las noches, hay un búho en algún lugar que suelta unos espantosos chillidos...

Las puertas también la asustaban, porque las miraba como si esperara ver salir enemigos de detrás de todas ellas.

—No dormiré sola aquí. ¡No quiero!

—¿Hay teléfono?

—No. Mi hermano quiso hacerlo poner, pero es demasiado caro para nosotros. ¿Se da cuenta? Vivir en una casa tan grande, con un jardín de no sé cuántas hectáreas, y no poder pagar el teléfono, ni la luz, ni siquiera a una mujer de limpieza para los trabajos pesados. ¡Así es Carl! ¡Como su padre!

Y de pronto se echó a reír, nerviosa.

No conseguía recuperar su sangre fría y, a la postre, mientras su pecho seguía sacudido por esa hilaridad, la inquietud le devoraba los ojos.

—¿Qué pasa? ¿Ha visto algo gracioso? —preguntó Maigret.

—Nada. No se enfade conmigo. Pienso en nuestra infancia, en el preceptor de Carl, en nuestro castillo, el parque, con todos los criados, las visitas, carruajes enganchados con cuatro caballos... ¡Y, ahora, pensar que estoy aquí!

Derribó el bote de leche condensada y se

acercó a la puerta acristalada; desde allí, con la frente pegada al cristal, contempló la escalinata, ardiente bajo el sol.

—Voy a hacer que le pongan vigilancia para esta noche.

—Sí, muy bien... ¡No! No quiero vigilancia. ¡Quiero que venga usted, comisario! Si no viene usted, tendré miedo.

¿Reía o lloraba? En todo caso, jadeaba. Todo su cuerpo se estremecía.

Cabía creer que se mofaba de alguien. Pero también parecía que estaba a punto de sufrir un ataque de histeria.

—No me deje sola.

—Tengo que trabajar.

—Pero ¡si Carl se ha escapado!

—¿Cree usted que él es el culpable de los asesinatos?

—¡No lo sé! Ya no sé nada. Si se ha escapado...

—¿Quiere que la encierre de nuevo en su habitación?

—¡No! Lo que quiero, en cuanto sea posible, mañana por la mañana, es alejarme de esta casa, de esta encrucijada. Quiero ir a París, donde las calles están llenas de gente y de vida. El campo me da miedo. No sé... —De repente preguntó—: ¿Van a detener a Carl en Bélgica?

—Se dictará contra él una orden de extradición.

—Es increíble. Cuando pienso que hace sólo tres días...

Se agarró la cabeza con ambas manos, desordenando sus cabellos rubios.

Maigret alcanzó la escalinata.

—Hasta luego, señorita.

Se alejaba con alivio y, sin embargo, abandonaba a la mujer con pesar. Lucas rondaba por la carretera.

—¿Alguna novedad?

—¡Ninguna! El agente de seguros ha venido a preguntarme si le entregarían pronto un vehículo.

Monsieur Michonnet había preferido dirigirse a Lucas antes que a Maigret. Y se lo veía en su jardincito, espiando a los dos hombres.

—¿No tiene nada que hacer?

—Dice que no puede ir a visitar a los clientes que viven en el campo sin un coche. Habla de demandarnos por daños y perjuicios.

Una camioneta y un turismo en el que viajaba toda una familia se habían parado delante de los surtidores de gasolina.

—¡El que no se mata trabajando es el dueño de la gasolinera! Parece que gana lo que quiere. Lo de la gasolina funciona día y noche.

—¿Tienes tabaco?

Ese sol demasiado reciente que caía de pleno sobre el campo sorprendía y abrumaba, y Maigret, secándose la frente, murmuró:

—Voy a dormir una horita. Esta noche, ya veremos...

Cuando pasaba por delante de la gasolinera, el dueño lo llamó:

—¿Un traguito de aguardiente, comisario? ¡Aquí, de pie y aprisa!

—¡Luego!

Se oyeron gritos; al parecer, en la casita de pedernal, Monsieur Michonnet discutía con su mujer.

La noche de los ausentes

Eran casi las cinco de la tarde cuando el brigada Lucas despertó a Maigret y le entregó un telegrama enviado por la Seguridad belga.

«ISAAC GOLDBERG ERA VIGILADO DESDE HACIA VARIOS MESES PORQUE SUS NEGOCIOS NO SE CORRESPONDIAN CON SU TREN DE VIDA STOP SOSPECHOSO DE DEDICARSE AL TRAFICO DE JOYAS ROBADAS STOP SIN PRUEBAS STOP VIAJE A FRANCIA COINCIDE CON ROBO DE JOYAS VALORADAS EN DOS MILLONES COMETIDO EN LONDRES HACE QUINCE DIAS STOP CARTA ANONIMA RECIBIDA AFIRMA QUE LAS JOYAS ESTABAN EN AMBERES STOP DOS LADRONES INTERNACIONALES HAN SIDO VISTOS ALLI GASTANDO GRANDES SUMAS STOP CREEMOS QUE GOLDBERG HA COMPRADO JOYAS Y SE DIRIGIO A FRANCIA PARA DARLES SALIDA STOP PIDA DESCRIPCION DE LAS JOYAS A SCOTLAND YARD.»

Maigret, todavía adormilado, se guardó el telegrama en un bolsillo y preguntó:
—¿Nada más?

—No. He seguido vigilando la encrucijada. Vi a Oscar vestido de etiqueta y le pregunté adónde iba. Al parecer, acostumbra a cenar con su mujer en París una vez por semana, y luego van al teatro. En esos casos no regresan hasta la mañana siguiente, porque duermen en un hotel.

—¿Se ha ido ya?

—A esta hora, supongo que sí.

—¿Le preguntaste en qué restaurante cenaba?

—L'Escargot, en la Rue de la Bastille. Después va al teatro Ambigu. Duerme en el Hôtel Rambuteau, en la Rue de Rivoli.

—¡Muy preciso! —masculló Maigret mientras se peinaba.

—El agente de seguros me ha enviado a su mujer para decirme que quiere hablarle, o, mejor dicho, «conversar con usted», por emplear su lenguaje.

—¿Eso es todo?

Maigret se metió en la cocina de la fonda, donde la mujer del dueño preparaba la cena. Descubrió una tarrina de paté, cortó un grueso trozo de pan y pidió:

—Una botella de vino blanco, por favor.

—¿No espera a que sirvamos la cena?

Sin contestarle, devoró el enorme bocadillo que se había preparado.

El brigada lo observaba con evidentes ganas de hablar.

—Espera algo importante para esta noche, ¿no es cierto?

—Pues...

¿Por qué negarlo? ¿Acaso Maigret, comiendo ese bocadillo de pie, no parecía hacer acopio de energías, como si velara las armas?

—He estado reflexionando —habló por fin Lucas—. Trataba de ordenar un poco mis ideas. No es fácil.

Maigret lo miraba tranquilamente, sin que sus mandíbulas dejaran de trabajar.

—La joven sigue siendo la que más me desconcierta —continuó Lucas—. Unas veces me parece que todos los que la rodean, el dueño de la gasolinera, el agente de seguros y el danés, son culpables, todos menos ella. Y otras juraría lo contrario, que ella es el único elemento venenoso.

Cierto júbilo en las pupilas del comisario parecía decirle: «¡Adelante!».

—Hay momentos en que realmente parece una joven aristócrata. Pero hay otros en que me recuerda a las mujeres de la época en que trabajé en la brigada de costumbres. Ya sabe a qué me refiero: a esas chicas que, con un aplomo inaudito, le cuentan a uno una historia inverosímil. Los detalles que describen son tan sorprendentes que parece imposible que se los hayan inventado. ¡Y uno se lo cree todo! Después, debajo de la almohada de la muchacha, uno descubre una vieja novela y cae en la cuenta de que ha sacado de allí todos los elementos de su relato. ¡Mujeres que mienten como respiran y que acaban quizá por creer en sus mentiras!

—¿Eso es todo?

—¿Cree que me equivoco?

—¡Yo no creo nada!

—Sin embargo, no siempre veo así las cosas. Muchas veces es Andersen el que me preocupa. Imagine a un hombre como él, culto, con clase, inteligente, ¡poniéndose a la cabeza de una banda de malhechores!

—Lo veremos esta noche.

—¿A él? Pero si ha pasado la frontera.

—¡Hum!

—¿Usted cree que...?

—Que la historia es diez veces más complicada de lo que imaginas. Y que, para no perderse, lo mejor es retener únicamente ciertos elementos importantes. Por ejemplo, Monsieur Michonnet es el primero en protestar y me hace ir a su casa esta noche. Esta noche en que, precisamente, el dueño de la gasolinera está en París, *no sin antes decírselo a todo el mundo*. Por otro lado, el Minerva de Goldberg ha desaparecido. ¡Recuerda también esto! No hay muchos coches como ése en Francia, y no es fácil hacerlo desaparecer.

—¿Usted cree que el tal Oscar...?

—¡Poco a poco! Limítate, si te divierte, a reflexionar sobre esos tres misterios.

—¿Y Else?

—¿Quieres aún más?

Y Maigret, limpiándose la boca, se dirigió a la carretera. Al cabo de un cuarto de hora llamaba a la puerta de la casita de los Michonnet; lo recibió la cara arisca de la mujer:

—Mi marido lo espera arriba.

—Es tan amable su marido...

Ella no captó la ironía de sus palabras y lo precedió por la escalera. Monsieur Michonnet lo esperaba en su dormitorio. Estaba sentado en un sillón Voltaire junto a la ventana, cuya cortina había corrido, y tenía las piernas envueltas en una manta a cuadros. Preguntó con voz agresiva:

—Bien, ¿cuándo me entregarán un vehículo? ¿Le parece a usted admisible privar a un hombre de su medio de sustento? ¡Y durante ese tiempo usted se dedica a cortejar a la criatura de enfrente y tomar aperitivos en compañía del dueño de la gasolinera! ¡Vaya con la policía! Se lo digo como lo pienso, comisario. El asesino no importa, lo que cuenta es fastidiar a las personas honradas, claro. Escuche. Yo tengo un coche. Es mío, ¿sí o no? ¡Se lo pregunto! ¡Contésteme! ¿Es mío?... ¡Bien! ¿Con qué derecho lo retiene usted bajo llave?

—¿Está usted enfermo? —preguntó tranquilamente Maigret, mirando la manta que rodeaba las piernas del agente de seguros.

—¡Es lo mínimo que puede pasarme! Cuando me enfurezco, las piernas se resienten. ¡Tengo un ataque de gota! Me pasaré como mínimo dos o tres noches en este sillón sin poder dormir. Le he hecho venir para decirle lo siguiente: ya ha visto en qué estado me encuentro. Como puede usted comprobar, ahora estoy incapacitado para trabajar, ¡sobre todo sin vehículo! Eso me basta. Lo citaré como testigo cuando presente la demanda por daños y perjuicios. ¡Buenas noches, comisario!

Soltó ese discurso con la insolencia de un alumno de primaria convencido de tener toda la razón. Madame Michonnet añadió:

—¡Y mientras usted merodea por aquí con aire de espiarnos, el asesino sigue en libertad! ¡Así actúa la Justicia! Hunden a los pequeños, pero respetan a los grandes...

—¿Eso es todo lo que tienen que decirme?

Monsieur Michonnet, indignado, se hundió aún más en su sillón. Su mujer salió de la habitación.

El interior de la casa estaba en armonía con la fachada: muebles fabricados en serie, muy encerados, muy limpios y ordenados, como si nunca los utilizaran.

En el pasillo, Maigret se paró ante un aparato

telefónico de modelo antiguo clavado en la pared. Y, ante la mirada ofendida de Madame Michonnet, giró la manivela.

—¡Aquí la Policía Judicial, señorita! ¿Podría usted decirme si esta tarde ha habido llamadas para la Encrucijada de las Tres Viudas?... ¿Sólo hay dos números, la gasolinera y la casa de los señores Michonnet? ¡Bien!... ¿La gasolinera ha recibido una llamada de París a la una y otra a las cinco? ¿Y el otro número?... Una llamada solamente. ¿De París? ¿A las cinco y cinco minutos?... Muchas gracias.

Miró a Madame Michonnet con ojos chispeantes de malicia y se inclinó:

—Le deseo que pase una buena noche, señora.

Como si estuviera en su casa, abrió la verja de las Tres Viudas, rodeó el edificio y subió al primer piso.

Else Andersen, muy nerviosa, lo esperaba de pie en su habitación.

—Perdone que lo haya hecho venir esta noche, comisario. Pensará que abuso de su... ¡Ah!, estoy muy nerviosa, y tengo miedo, no sé por qué. Después de nuestra última conversación, me parece que es usted el único que puede ayudarme. Ahora conoce tan bien como yo esta siniestra encrucijada, estas tres casas que parecen estar desafiándose. ¿Cree usted en los presentimientos? Yo sí creo, como todas las mujeres, y presiento que esta noche no terminará sin que se produzca un drama.

—¿Y me pide de nuevo que vele por usted?

—Estoy exagerando, ¿verdad? Pero ¿qué puedo hacer, si tengo miedo?

La mirada de Maigret se había detenido en un cuadro, ligeramente torcido, que representaba un paisaje nevado. Pero al instante el comisario se volvió hacia la joven, que esperaba a que él respondiera.

—¿No teme por su reputación?

—¿Acaso eso importa cuando se siente miedo?

—Entonces volveré dentro de una hora. Tengo que dar ciertas órdenes.

—¿De verdad volverá? ¿Me lo promete? Además, tengo que contarle muchas cosas, detalles que mi memoria ha ido recordando poco a poco.

—¿Respecto a...?

—Respecto a mi hermano, sí. Pero no creo que sirvan de mucha ayuda. Recuerdo, por ejemplo, que después del accidente de aviación que sufrió Carl, el doctor que lo trató le dijo a mi padre que respondía de la salud física del herido, pero no de la salud mental. Jamás había pensado en esa frase, y tampoco en otros detalles: sus deseos de vivir lejos de la ciudad, de esconderse... En fin, ya hablaremos de todo eso cuando vuelva.

Ella sonrió agradecida, pero sin poder ocultar cierta inquietud.

Al pasar por delante de la casa de pedernal, Maigret miró maquinalmente la ventana del primer piso, cuya luz amarillo claro se recortaba en la oscuridad. En la cortina se dibujaba la silueta de Monsieur Michonnet sentado en su sillón.

En la fonda, el comisario, sin dar explicaciones, se limitó a ordenar a Lucas:

—Llama a media docena de inspectores y apóstalos alrededor de la encrucijada. Telefonea cada hora a L'Escargot, después al teatro y luego al hotel, para asegurarte de que Oscar sigue en París. Si alguien abandona una de las tres casas, haz que un inspector lo siga sin perderlo de vista.

—¿Dónde estará usted?

—En casa de los Andersen.

—¿Cree que...?

—¡No creo nada, amigo mío! Hasta pronto o hasta mañana por la mañana.

Había caído la noche. Mientras regresaba a la carretera nacional, el comisario comprobó el tambor de su revólver y se aseguró de que llevaba tabaco en la petaca.

Detrás de la ventana de los Michonnet, volvió a ver la sombra del sillón y el perfil bigotudo del agente de seguros.

Else Andersen había sustituido el vestido de

terciopelo por la bata de la mañana, y Maigret la encontró recostada en el diván, fumando un cigarrillo, más tranquila que en su última entrevista, pero más pensativa.

—Si usted supiera lo bien que me siento al saber que está usted aquí, comisario. Hay personas que inspiran confianza desde el primer momento. Aunque, ciertamente, son muy pocas. En cualquier caso, a lo largo de mi vida he encontrado a escasas personas con las que haya simpatizado. Puede usted fumar, si quiere.

—¿Ha cenado?

—No tengo hambre. Me siento como trastocada. Hace cuatro días, desde el espantoso descubrimiento del cadáver en el coche, que no paro de pensar. Intento formarme una opinión, comprender.

—¿Y llega a la conclusión de que su hermano es culpable?

—No. No quiero acusar a Carl, y menos aún sabiendo que, aunque fuera culpable en el sentido estricto de la palabra, sus actos sólo se deberían a un ataque de locura... Ha elegido usted la peor butaca. Si quiere echarse, hay una litera en la habitación contigua.

Estaba tranquila y, a la vez, excitada: la tranquilidad era aparente, voluntariosa, adquirida con esfuerzo, y la excitación, pese a todo, aparecía en determinados momentos.

—Ya ocurrió una tragedia, hace tiempo, en esta casa, ¿no es cierto? Carl me lo contó muy por encima, porque tenía miedo de impresionarme. Siempre me trata como si fuera una niña.

Con un ágil movimiento de todo el cuerpo, se inclinó para dejar caer la ceniza de su cigarrillo en el cuenco de porcelana colocado sobre el velador. La bata se le abrió, como había sucedido esa mañana, y por un instante descubrió un seno pequeño y redondo. Aunque sólo fue un relámpago, Maigret tuvo tiempo de distinguir una cicatriz que le hizo fruncir el ceño.

—¡La hirieron, sí, hace tiempo!

—¿Qué quiere decir?

Se había sonrojado. Instintivamente cerró la bata sobre su pecho.

—Tiene una cicatriz en el seno derecho...

Su confusión fue extrema.

—Discúlpeme —dijo—. Aquí acostumbro a ir muy poco vestida. No creía... Respecto a esta cicatriz... ¡Vaya, otro detalle que me viene de repente a la memoria! Pero sin duda es una coincidencia. Escuche. Cuando Carl y yo todavía éramos niños, jugábamos en el parque del castillo y, un día, por Santa Claus, recuerdo que a Carl le regalaron una carabina. Debía de tener catorce años. En fin, es ridículo, ya verá usted. Los primeros días tiraba al blanco, pero después, al día siguiente de una velada pasada en el circo, quiso jugar a Guillermo Tell. Yo sostenía un cartón en cada mano. La primera bala me dio en el pecho...

Maigret se había levantado y se dirigía hacia el diván con la cara tan impenetrable que ella lo miró, inquieta, y se estrechó la bata con las dos manos.

Pero Maigret no la miraba a ella. Observaba la pared, encima del mueble, allí donde estaba colgado el paisaje nevado, ahora en una posición rigurosamente horizontal.

Movió el marco lentamente y descubrió un hueco en la pared, pequeño y profundo, pues faltaban sólo dos ladrillos.

En ese hueco había un revólver cargado con sus seis balas, una caja de cartuchos, una llave y un frasco con pastillas de Veronal.

Else, que había seguido sus movimientos, se turbó muy poco. Apenas un rubor en los pómulos. Las pupilas algo más brillantes.

—Le habría enseñado este escondite dentro de un momento, comisario.

—¿De veras?

Mientras hablaba, se guardó el revólver en el bolsillo, comprobó que en el tubo faltaban la mitad de las pastillas de Veronal y se dirigió a la puerta; probó la llave y vio que encajaba perfectamente en la cerradura.

La joven también se había levantado. Ya no

se preocupaba de cubrirse el pecho. Hablaba y gesticulaba entrecortadamente.

—Lo que acaba de descubrir, sí..., eso confirma todo lo que ya le he contado. Pero tiene que entenderme. ¿Podía yo acusar a mi hermano? Si desde su primera visita yo le hubiera confesado que hace mucho tiempo que lo considero loco, mi actitud le habría parecido escandalosa. Y, sin embargo, es la verdad.

Su acento extranjero, más pronunciado cuando hablaba con vehemencia, teñía de extrañeza cada una de sus frases.

—El revólver...

—¿Cómo podría explicárselo? Cuando abandonamos Dinamarca estábamos arruinados. Pero mi hermano estaba convencido de que, con su cultura, alcanzaría una brillante posición en París. No lo consiguió. Su carácter se volvió más inquietante. Cuando quiso que nos enterráramos aquí, comprendí que estaba seriamente afectado. ¡Sobre todo cuando pretendía encerrarme cada noche en mi habitación con el pretexto de que podían atacarnos malhechores! ¿Imagina usted mi situación, entre estas cuatro paredes, sin posibilidad de salir en caso de incendio, por ejemplo, o de cualquier otra catástrofe? ¡No conseguía dormir! Me sentía angustiada como en un subterráneo. Un día en que él estaba en París, hice venir a un cerrajero para que me fabricara una llave de la habitación. Como mi hermano me había encerrado, para ir a buscarlo tuve que saltar por la ventana.

»Así aseguré mi libertad de movimientos, ¡pero eso no bastaba! Algunos días Carl se volvía medio loco, y a menudo hablaba de matarnos los dos antes de caer en la ruina absoluta. Compré un revólver en Arpajon, aprovechando otro viaje de mi hermano a París. Y, como dormía mal, me compré un frasco de Veronal. ¡Ya ve qué sencillo es todo! Carl es muy suspicaz. No hay nadie más suspicaz que un hombre que tiene la mente alterada y que, sin embargo, conserva la suficiente lucidez como para ser consciente de ello. Y una noche preparé este escondite.

—¿Eso es todo?

La brutalidad de la pregunta la sorprendió.

—¿No me cree?

El no contestó; se acercó a la ventana, la abrió, apartó las persianas y aspiró el aire fresco de la noche.

A sus pies, la carretera era como un río de tinta que, al paso de los vehículos, lanzaba reflejos lunares. Se veían los faros desde muy lejos, quizá desde diez kilómetros de distancia; después llegaba de repente algo así como un ciclón, un remolino de aire, un zumbido, y el resplandor rojo se alejaba.

Los surtidores de gasolina estaban iluminados. En la casa de los Michonnet, una sola luz en el primer piso y, como siempre, la sombra chinesca del sillón y del agente de seguros recortándose en la cortina.

—¡Cierre la ventana, comisario!

Se volvió. Else temblaba, envuelta en su bata.

—¿Comprende ahora por qué estoy preocupada? Me ha obligado a contárselo todo. ¡Y por nada del mundo querría que le ocurriera nada malo a Carl! Muchas veces me ha repetido que moriríamos juntos.

—Cállese, se lo ruego.

Espiaba los rumores de la noche. Para ello, arrastró su butaca hasta la ventana, se sentó y apoyó los pies en la baranda.

—Le estoy diciendo que tengo frío.

—¡Abríguese!

—¿No me cree?

—¡Silencio, diantre!

Y se puso a fumar. Se oían a lo lejos vagos rumores de granja, el mugido de una vaca, cosas confusas que se movían. Del taller, por el contrario, salían ruidos de objetos de acero y, de pronto, la vibración del motor eléctrico utilizado para inflar neumáticos.

—¡Y yo que confiaba en usted! Ahora...

—¿Se callará de una vez, sí o no?

Detrás de un árbol de la carretera, muy cerca de la casa, había adivinado una sombra, seguramente uno de los inspectores que había pedido.

—Tengo hambre.

Enfurecido, se volvió y miró a la joven, que tenía un aspecto lamentable.

—¡Vaya a buscar comida!

—No me atrevo a bajar. Tengo miedo.

Maigret se encogió de hombros, se aseguró de que en el exterior todo seguía en calma y bruscamente se decidió a ir a la planta baja. Ya sabía dónde estaba la cocina. Cerca del hornillo encontró restos de carne fría, pan y una botella de cerveza abierta.

Lo subió todo y dejó los alimentos sobre el velador, al lado del cuenco lleno de colillas.

—Es malo conmigo, comisario.

Parecía realmente una chiquilla. ¡De un momento a otro se echaría a llorar!

—No tengo tiempo de ser malo o bueno. ¡Coma!

—¿Usted no tiene hambre? ¿Se ha enfadado conmigo porque le he contado la verdad?

Pero él ya le daba la espalda y miraba por la ventana. Madame Michonnet, detrás de la cortina, estaba inclinada sobre su marido; debía de hacerle tomar una medicina, porque acercaba una cuchara a la cara de Monsieur Michonnet.

Else tenía un pedazo de ternera fría en la punta de los dedos y lo mordisqueaba, hambrienta. Después se sirvió cerveza en un vaso.

—¡Qué mal sabe! —exclamó con una náusea—. ¿Por qué no cierra la ventana? Tengo miedo. ¿No tiene compasión de mí?

Maigret la cerró de repente, malhumorado, y miró a Else de pies a cabeza como si estuviera a punto de enfadarse.

Entonces la vio palidecer, las pupilas azules se le enturbiaron y extendió una mano para encontrar apoyo. Maigret se precipitó hacia ella y llegó a tiempo de sujetarla por la cintura antes de que cayera.

Suavemente, la dejó deslizarse hasta extenderla sobre el suelo; le levantó los párpados para examinarle los ojos y con una mano agarró el vaso vacío de cerveza; al olisquearlo, notó que desprendía un olor amargo.

Encima del velador había una cucharilla de café. La utilizó para abrirle la boca a Else. Después, sin vacilar, hundió la cuchara, tocando obstinadamente el fondo de la garganta y el paladar.

Ella contrajo varias veces el rostro, y su pecho se agitó a causa de unos espasmos.

Estaba tendida en la alfombra. Un líquido le fluía de los párpados. En el momento en que su cabeza se ladeó, tuvo un hipo enorme.

Gracias a la contracción provocada por la cuchara, el estómago se revolvía. La alfombra y la bata estaban manchadas de un líquido amarillento.

Maigret fue a buscar un jarro de agua al baño y le mojó la cara.

Mientras la atendía, el comisario no cesaba de girarse con impaciencia hacia la ventana.

Y ella tardaba en recuperarse. Gemía débilmente. Acabó por alzar la cabeza.

—¿Qué ha pasado?

Se levantó, confusa, todavía tambaleante, y vio la alfombra manchada, la cuchara y el vaso de cerveza.

Entonces sollozó, con la cabeza entre las manos.

—¿Ve como mi miedo no era infundado? Han intentado envenenarme. ¡Y usted no quería creerme! Usted...

Se sobresaltó al mismo tiempo que Maigret.

Y los dos permanecieron un minuto inmóviles y atentos.

Había sonado un disparo cerca de la casa, posiblemente en el jardín. Y a continuación oyeron un grito ronco.

De la carretera llegaba un silbido estridente y prolongado. Algunas personas corrían. Empujaron la verja. Por la ventana, Maigret distinguió las linternas de sus inspectores escudriñando en la oscuridad. Apenas a cien metros, en la ventana de los Michonnet, Madame Michonnet colocaba un almohadón detrás de la cabeza de su marido.

El comisario abrió la puerta de la habitación. Oyó ruidos en la planta baja.

—¡Jefe! —lo llamó Lucas.

—¿Quién es?

—¡Carl Andersen! No ha muerto. ¿Quiere usted venir?

Maigret se volvió: Else, sentada en el borde del diván, con los codos sobre las rodillas y la barbilla entre las dos manos, miraba fijamente ante sí, mientras sus dientes castañeteaban y el cuerpo se agitaba con un temblor convulsivo.

Dos heridas

Trasladaron a Carl Andersen a su habitación. Los seguía un inspector que llevaba la lámpara de petróleo de la planta baja. El herido no jadeaba ni se movía. Cuando estuvo tendido en su cama, Maigret se inclinó sobre él y comprobó que tenía los párpados entreabiertos.

Andersen lo reconoció, pareció menos abrumado y murmuró, tendiendo su mano hacia la del comisario:

—¿Else...?

Ella estaba en la puerta de la habitación, ojerosa, en actitud de ansiosa espera.

La visión era impresionante. Carl había perdido su monóculo negro; el ojo sano estaba febril, mientras que el ojo de cristal mantenía su inmovilidad artificial.

La luz de petróleo introducía un toque de misterio. Se oía a los agentes que inspeccionaban el jardín y removían la gravilla.

Else, muy rígida, casi no se atrevió a acercarse a su hermano cuando Maigret se lo ordenó.

—¡Creo que está malherido! —exclamó Lucas a media voz.

Else debió de oírlo. Miró a Carl, pero no se decidió a acercarse más a él, que la devoraba con la mirada e intentaba enderezarse.

Ella rompió a llorar y salió corriendo de la habitación, volvió a la suya y se arrojó, jadeante, en su diván.

Maigret, después de indicar al brigada que la vigilara, se ocupó del herido; le quitó la chaqueta y el chaleco como si para él esas cosas fueran pura rutina.

—No tema nada. Han ido a buscar al médico. Else está en su habitación.

Andersen callaba, como abrumado por una misteriosa preocupación. Miraba a su alrededor como queriendo resolver un enigma o sorprender algún grave secreto.

—Lo interrogaré dentro de poco, pero... —El comisario se había inclinado sobre el torso desnudo del danés y fruncía el ceño—. Ha recibido dos disparos. Y la herida de la espalda no es reciente.

Una herida espantosa. Tenía arrancados diez centímetros cuadrados de piel. La carne estaba literalmente triturada, chamuscada, hinchada, llena de costras de sangre coagulada. Esa herida ya no sangraba, lo que demostraba que la tenía desde hacía varias horas.

En cambio, una bala acababa de aplastarle el omóplato izquierdo; al lavarle la herida,

Maigret hizo caer el plomo deformado y lo recogió.

No era una bala de revólver, sino de carabina, como la que había matado a la señora Goldberg.

—¿Dónde está Else? —murmuró el herido, que trataba de disimular muecas de dolor.

—En su habitación, no se mueva. ¿Ha visto a su último agresor?

—No.

—¿Y al otro? ¿Dónde ocurrió?

Andersen arrugó la frente. Después abrió la boca para hablar, pero el agotamiento se lo impidió, y con el brazo izquierdo, con un movimiento apenas esbozado, intentó explicar que ya no podía hablar.

—¿Cuáles son sus conclusiones, doctor?

Era irritante aquella semipenumbra. Sólo había dos lámparas de petróleo en toda la casa: una la habían dejado en la habitación del herido, y la otra, en la de Else.

Abajo habían encendido una vela, pero no conseguía iluminar ni la cuarta parte del salón.

—Si no surgen complicaciones imprevistas, saldrá del paso. La herida más grave es la primera. Debieron de dispararle a primera hora de la tarde o, como máximo, al mediodía... Una bala de Browning disparada a quemarropa en la espalda.

¡Exactamente a quemarropa! Es posible que el cañón del arma le tocara la carne. La víctima hizo un movimiento inesperado y la bala se desvió, por eso alcanzó prácticamente sólo las costillas. Las equimosis del hombro y de los brazos, y los arañazos de las manos y de las rodillas, debieron de producirse en ese mismo momento.

—¿Y la otra bala?

—Le ha roto el omóplato. Necesitará, a partir de mañana, la intervención de un cirujano. Puedo darle la dirección de una clínica de París. Hay una en la región, pero, si el herido tiene dinero, le aconsejo que vaya a operarse a París.

—¿Cree que se movió después del primer disparo?

—Es probable. Al no estar afectado ningún órgano vital, sólo era un problema de voluntad, de energía. Sin embargo, mucho me temo que el segundo impacto le dejará un hombro inmovilizado para siempre.

Los agentes que inspeccionaban el jardín no habían descubierto nada, pero se habían apostado de tal modo que, al despuntar el día, pudieran realizar una batida minuciosa.

Instantes después, Maigret regresó a la habitación de Andersen, que lo vio entrar con alivio.

—¿Else...?

—En su habitación, ya se lo he dicho antes.

—¿Por qué?

110

Tras cada mirada del danés, tras cada crispación de su rostro, se ocultaba la misma preocupación enfermiza.

—¿No tiene usted enemigos?

—No.

—No se mueva. Cuénteme solamente cómo recibió el primer disparo. Hable poco a poco. No se canse.

—Yo iba a la empresa Dumas et Fils...

—Pero no llegó.

—¡Quería hacerlo! En la Porte d'Orléans, un hombre me indicó que detuviera el coche. —Pidió agua, vació un gran vaso y continuó, con la mirada fija en el techo—: Me dijo que era de la policía. Incluso me enseñó un carnet, pero yo ni lo miré. Me ordenó que cruzara París y que me dirigiera a la carretera de Compiègne, diciendo que debía comparecer para un careo con un testigo. El hombre subió al coche y se sentó a mi lado.

—¿Cómo era?

—Alto, con un sombrero flexible gris. Poco antes de Compiègne, la carretera nacional cruza un bosque. En una curva, noté un golpe en la espalda. Una mano se apoderó del volante que yo sostenía y me arrojaron fuera del vehículo. Perdí el conocimiento. Cuando recuperé el sentido, vi que estaba en la cuneta, y el coche había desaparecido.

—¿Qué hora era?

—Tal vez las once de la mañana, no sé. El reloj del coche no funciona. Me adentré en el bosque para recuperarme y tener tiempo de reflexionar. Me sentía mareado, oía pasar trenes... Acabé por descubrir una pequeña estación de ferrocarril. A las cinco llegué a París. Allí alquilé una habitación, me curé la herida como pude, me aseé un poco... Y, en fin, volví aquí.

—Ocultándose.

—Sí.

—¿Por qué?

—No lo sé.

—¿Se encontró con alguien en la encrucijada?

—No. Entré por el jardín, sin pasar por la carretera. Justo antes de que pisara la escalinata, sonó un disparo... Me gustaría ver a Else.

—¿Sabe que han intentado envenenarla?

Maigret estaba lejos de prever el efecto que provocarían estas palabras. El danés se incorporó de un salto, lo miró, ansioso, y balbuceó:

—¿Es cierto? —Parecía alegrarse, como si lo hubieran liberado de una pesadilla—. ¡Quiero verla, dígaselo!

Maigret salió al pasillo y vio a Else en su habitación, tendida sobre el diván, mirando al vacío; Lucas, detrás de ella, la vigilaba con aire porfiado.

—¿Quiere venir?

—¿Qué ha dicho Carl?

Seguía temerosa y titubeante. Cruzó el umbral de la habitación del herido, dio dos pasos vacilantes, y luego se precipitó hacia Carl y lo abrazó hablando en su idioma.

Lucas, pensativo, espiaba a Maigret.

—¿No le hace esto sospechar lo que ya le dije?

El comisario se encogió de hombros y, en lugar de responder, dio órdenes.

—Asegúrate de que el dueño de la gasolinera no ha abandonado París. Telefonea a la Prefectura para que manden un cirujano mañana a primera hora, o esta misma noche, si es posible.

—¿Adónde va?

—No lo sé. En cuanto a la vigilancia alrededor del jardín, que la mantengan, pero no dará ningún resultado.

Alcanzó la planta baja, descendió los peldaños de la escalinata y llegó a la carretera nacional. El taller estaba cerrado, pero se veía relucir el disco lechoso de los surtidores de gasolina.

Había luz en el primer piso de la casa de los Michonnet. Y allí seguía, detrás de la cortina, la silueta del agente de seguros.

La noche era fresca. De los campos subía una ligera niebla que formaba como olas deshilachándose a un metro del suelo. En algún lugar, procedente de Arpajon, se oía el rumor creciente de un motor y de chatarra. Cinco minutos después un camión se paró delante de la gasolinera y tocó la bocina.

Se abrió una portezuela en el panel de chapa ondulada del taller, y se vio una bombilla encendida en el interior.

El mecánico, adormilado, manipuló el surtidor; el conductor no bajó de su elevado asiento. El comisario se acercó con las manos en los bolsillos y la pipa en la boca.

—¿No ha vuelto Oscar?

—¡Vaya! ¿Todavía está usted aquí? No, aún no ha vuelto. Cuando se va a París, no regresa hasta la mañana siguiente. —Tras un titubeo, se dirigió al conductor—: Arthur, te convendría recoger la rueda de recambio, ya está arreglada.

El mecánico entró en el taller y sacó una rueda provista de su neumático, la hizo rodar hasta el camión y la colocó con grandes esfuerzos en la parte de atrás.

El camión arrancó. La luz roja trasera se desvaneció en la lejanía. El mecánico, bostezando, suspiró:

—¿Sigue buscando al asesino? ¿A esta hora? Ah, si a mí me dejaran echar un sueñecito, le juro que no me ocuparía de eso ni muerto.

Las dos en un campanario. En el horizonte, un tren con su penacho de humo.

—¿Entra o no entra? —le preguntó el mecánico.

Y el hombre se desperezaba, deseando acostarse de nuevo.

Maigret entró y miró las paredes encaladas. En ellas, colgados de unos clavos, había unas cámaras de aire rojas y neumáticos de todos los modelos, la mayoría en mal estado.

—Dígame, ¿qué piensa hacer ese hombre con la rueda que le ha dado?

—Pues ¡colocarla en su camión, naturalmente!

—¿Usted cree? ¡Menudos tumbos dará el camión! Esa rueda no era del tamaño de las otras.

La preocupación pasó por los ojos del hombre.

—Puede que me haya equivocado. Espere, ¿no le habré dado por casualidad la rueda de la camioneta del tío Mathieu?

Sonó una detonación. Maigret acababa de disparar contra uno de los neumáticos colgados de la pared. La cámara de aire se desinflaba dejando escapar por el desgarrón unas bolsitas de papel blanco.

—¡No te muevas! —gritó al ver que el mecánico, doblado en dos, se disponía a escapar a toda velocidad—. Cuidado, que disparo.

—¿Qué tiene contra mí?

—¡Manos arriba! ¡Más aprisa! —Y se acercó rápidamente a Jojo, le registró los bolsillos y requisó un revólver cargado con seis balas—. Ve a echarte en tu catre.

Maigret cerró la portezuela. Al mirar la cara pecosa del mecánico, comprendió que éste no se daba por vencido.

—Echate. —No vio ninguna cuerda a su alrededor, pero descubrió un rollo de cable eléctrico—. ¡Las manos!

Cuando Maigret se guardó el revólver, el mecánico trató de escapar, pero recibió un puñetazo en plena cara. La nariz le empezó a sangrar. Se le hinchó un labio. El hombre lanzó un grito de rabia. Tenía las manos atadas, y sus pies no tardaron en quedar también inmovilizados.

—¿Qué edad tienes?

—Veintiún años.

—¿Y de dónde sales?

Silencio. A Maigret le bastó con mostrar su puño.

—Del centro penitenciario de Montpellier.

—¡Magnífico! ¿Sabes lo que contienen estas bolsitas?

—¡Droga!

La voz era arisca. El mecánico tensaba sus músculos con la esperanza de partir el cable.

—¿Qué había en la rueda de recambio?

—No lo sé.

—Entonces, ¿por qué se la has dado a ese coche y no a otro?

—¡No diré nada más!

—Peor para ti.

Cinco cámaras de aire fueron reventadas una tras otra, pero no todas contenían cocaína. En una de ellas, donde un parche recubría un largo corte, Maigret encontró cubiertos de plata con el sello de una corona de marqués. En otra había encajes y algunas joyas antiguas.

En el taller había diez vehículos. Sólo uno de ellos funcionó cuando Maigret intentó ponerlos en marcha. Y entonces, armado de una llave inglesa y ayudándose en ocasiones con un martillo, desmontó algunas piezas de motor y agujereó los depósitos de gasolina.

El mecánico lo miraba riendo burlonamente.

—No es mercancía lo que falta, ¿eh? —exclamó.

El depósito de un 4 CV estaba lleno de títulos al portador. Como mínimo había unos trescientos mil francos.

—¿Esto procede del robo de la Banque de Crédit?

—¡Podría ser!

—¿Y las monedas antiguas?

—No sé.

Había mayor variedad que en la trastienda de un chamarilero: perlas, billetes de banco, dólares y sellos oficiales que debían de servir para confeccionar pasaportes falsos.

Maigret no podía abrir y destrozarlo todo. Pero al rajar la tapicería de un coche, encontró florines de plata, lo que le bastó para convencerlo de que todo en aquel taller estaba trucado.

Un camión pasó por la carretera, sin pararse. Un cuarto de hora después, pasaba otro que tampoco se detuvo, y el comisario frunció el ceño.

Empezaba a entender el mecanismo del negocio. El taller estaba camuflado al borde de la carretera nacional, a cincuenta kilómetros de París, cerca de las grandes ciudades de provincia como Chartres, Orléans, Le Mans y Châteaudun.

No había ningún vecino, salvo los habitantes de la casa de las Tres Viudas y los Michonnet.

Además, éstos, ¿qué podían ver? Pasaban miles de vehículos cada día. Cien de ellos, por lo menos, se paraban ante los surtidores de gasolina. Algunos entraban para una reparación. En el taller vendían y cambiaban neumáticos, ruedas. Latas de aceite y bidones de gasoil pasaban de mano en mano.

Había un detalle especialmente interesante: cada anochecer camiones de gran tonelaje iban a París cargados de legumbres para Les Halles. A partir de la medianoche, o por la mañana, regresaban vacíos.

¿Vacíos? ¿No eran ellos los que, en los cestos y las cajas de legumbres, acarreaban las mercancías robadas?

Eso podía constituir un servicio regular y cotidiano. Un solo neumático, el que contenía la cocaína, bastaba para demostrar la importancia del tráfico, ya que en él había droga por valor de, al menos, unos doscientos mil francos.

Y en el taller, por añadidura, ¿no «maquilla-ban» coches robados?

¡Ningún testigo! El tal Oscar, en el umbral, con las dos manos en los bolsillos. Mecánicos manejando llaves inglesas o sopletes. Cinco surtidores de gasolina, rojos y blancos, a modo de honrado escaparate.

¿Acaso el carnicero, el panadero o los turistas no se paraban como los demás?

Sonó una campana a lo lejos. Maigret miró su reloj. Las tres y media.

—¿Quién es el jefe de la banda? —preguntó al mecánico sin mirarlo.

El otro contestó con una risa silenciosa.

—Sabes perfectamente que acabarás por hablar. ¿Es Oscar? ¿Cómo se llama realmente?

—Oscar.

El mecánico estaba a punto de soltar una carcajada.

—¿Entró aquí el señor Goldberg?

—¿Quién es ése?

—¡Lo sabes mejor que yo! El belga que fue asesinado.

—¡No me diga!

—¿Quién se «cargó» al danés en la carretera de Compiègne?

—¿Se han cargado a alguien?

No cabía la menor duda. La primera impresión de Maigret se confirmaba. Se hallaba ante una banda de profesionales muy bien organizada.

Tuvo una nueva prueba de ello. En la carretera, el ruido de un motor fue aumentando; después, con un chirrido de frenos, se paró un vehículo delante del panel de chapa mientras la bocina sonaba.

Maigret se precipitó al exterior. Pero aún no había abierto la puerta del taller cuando el coche arrancó a tal velocidad que el comisario ni siquiera llegó a distinguir su forma.

Con los puños crispados, regresó al taller y preguntó al mecánico:

—¿Cómo le has avisado?

—¿Yo?

El empleado reía mostrando sus muñecas atadas con el cable.

—¡Habla!

—Parece que esto huele a chamusquina, y los amigos tienen el olfato fino.

Maigret se inquietó. Derribó brutalmente el catre y Jojo cayó al suelo; tal vez algún contacto disparara en el exterior una señal de peligro.

Pero dio la vuelta al catre sin encontrar nada. Dejó al hombre en el suelo, salió y vio los cinco surtidores de gasolina iluminados como de costumbre.

Empezaba a ponerse furioso.

—¿Hay teléfono en la gasolinera?

—¡Búsquelo!

—¿Sabes que acabarás por hablar?

—Si usted lo dice...

No había modo de sonsacarle nada al emplea-do, el típico delincuente que forma parte de una gran organización. Durante un cuarto de hora, Maigret recorrió cincuenta metros de carretera buscando inútilmente algo que pudiera servir de señal.

En casa de los Michonnet, la luz del primer piso se había apagado. Sólo la casa de las Tres Viudas seguía iluminada y se adivinaban los agen-tes situados alrededor del jardín.

Pasó una limusina a toda velocidad.

—¿Qué tipo de coche tiene tu jefe?

El alba se insinuaba, al este, y la niebla blan-cuzca apenas superaba el horizonte.

Maigret examinó las manos del mecánico. No tocaban ningún objeto que pusiera en marcha mecanismo alguno.

Una corriente de aire fresco entraba por la portezuela abierta en el panel de chapa ondulada del taller.

En ese instante, Maigret, alertado por el ruido de un motor, avanzó hacia la carretera y vio llegar un deportivo cuatro plazas que no superaba los treinta kilómetros por hora; cuando parecía que el coche iba a detenerse, estalló un auténtico tiroteo.

Varios hombres disparaban a la vez y las balas crepitaban sobre el panel ondulado.

Sólo se distinguía el resplandor de los faros y unas sombras inmóviles, más bien unas cabezas, por encima de la carrocería. Luego se oyó el zumbido del acelerador.

Ruido de cristales rotos.

Procedían del primer piso de la casa de las Tres Viudas. Habían seguido disparando desde el coche.

Maigret, que se había echado al suelo, se incorporó con la boca seca y la pipa apagada.

Estaba seguro de haber reconocido a Oscar al volante del automóvil, que ya se había hundido en la noche.

Los desaparecidos

El comisario aún no había alcanzado el centro de la carretera cuando apareció un taxi que, haciendo chirriar los frenos, se detuvo delante de los surtidores de gasolina. Un hombre saltó al suelo y tropezó con Maigret.

—¡Grandjean! —se sorprendió éste.

—¡Gasolina, rápido!

El taxista estaba pálido de nerviosismo, porque acababa de conducir a cien por hora un coche que como máximo podía alcanzar ochenta.

Grandjean pertenecía a la brigada de calles. En el taxi había otros dos inspectores. Cada puño apretaba un revólver.

Llenaron el depósito con gestos desesperados.

—¿Están lejos?

—Cinco kilómetros de ventaja.

El taxista aguardaba la orden de partir de nuevo.

—¡Quédate! —ordenó Maigret a Grandjean—. Que los otros dos continúen sin ti. —Y les recomendó—: ¡No cometan imprudencias! ¡De todas maneras, los tenemos controlados! ¡Limítense a seguirlos de cerca!

El taxi arrancó. Un guardabarros mal ajustado resonó a lo largo de la carretera.

—¡Cuenta, Grandjean!

Y Maigret escuchó sin dejar de observar las tres casas, acechar los ruidos de la noche y vigilar al mecánico.

—Lucas me telefoneó para encargarme que vigilara al dueño de esta gasolinera, al tal Oscar. Comencé a seguirlo en la Porte d'Orléans. Cenaron copiosamente en L'Escargot, donde no hablaron con nadie; después fueron al Ambigu. Hasta entonces, nada interesante.

»A medianoche, salieron del teatro y se dirigieron a la Chope Saint-Martin. Ya sabe, en la salita del primer piso siempre hay algunos delincuentes. Oscar entró allí como en su casa. Los camareros lo saludan, el dueño le estrecha la mano, le pregunta cómo van los negocios. La mujer, por su parte, también parece sentirse como pez en el agua. Se instalaron en una mesa donde ya había tres tipos y una prostituta. Reconocí a uno de ellos, un chapista del barrio de la République. Otro tiene una tienda de baratillo en la Rue du Temple. Del tercero no sé nada, pero la mujerzuela que estaba con él seguro que consta en el archivo de la policía de costumbres.

»Empezaron a beber *champagne*, riendo a grandes carcajadas. Después pidieron cangrejos, sopa de cebolla y, ¿qué sé yo?, se dieron un auténtico banquete, como sólo esos tipos saben dárselo, gritando, dándose palmaditas en los muslos, cantando de vez en cuando un cuplé... Hubo una escena de celos, porque Oscar abrazaba demasiado a la mujerzuela, y eso a su esposa no le gustó. Todo se solucionó con otra botella de *champagne*. De vez en cuando, el dueño se acercaba a brindar con sus clientes e incluso los invitó a una ronda. Después, creo que hacia las tres, el camarero fue a decirles que llamaban a Oscar por teléfono.

»Cuando éste volvió de la cabina, ya no reía. Me dirigió una mirada desagradable, porque yo era el único cliente ajeno a la banda. Habló en voz baja con los demás. ¡Fue como un jarro de agua fría! Se les pusieron las caras largas... A la pequeña (me refiero a la mujer de Oscar) las ojeras le llegaban hasta media cara, y se puso a beber como una descosida para envalentonarse. Se levantaron, y sólo uno de ellos siguió a la pareja, ése al que yo no conocía, creo que es italiano o español... Mientras se despedían y se contaban chismes, yo bajé a la calle. Elegí un taxi no demasiado desvencijado y llamé a dos inspectores que trabajan en el Boulevard Saint-Denis.

»Ha visto el taxi, ¿no? Pues bien, ellos se pusieron a cien por hora a partir del Boulevard Saint-Michel. Les pitaron por lo menos diez veces sin que pararan. Nos costó mucho seguirlos. El taxista, un ruso, se quejaba de que yo le estaba destrozando el motor.

—¿Fueron ellos los que dispararon?

—¡Sí!

Lucas, después de oír el tiroteo, había salido de la casa de las Tres Viudas y corrió a reunirse con el comisario.

—¿Qué sucede?

—¿Y el herido?

—Está más débil. De todos modos, creo que aguantará hasta mañana. El cirujano no tardará en llegar. Pero ¿y aquí?

Y Lucas miraba el panel del taller, con los impactos de las balas, y el catre, donde el mecánico seguía atado.

—Una banda organizada, ¿verdad, jefe?

—¡Y tan organizada!

Maigret estaba más preocupado que de costumbre. En particular, se le notaba por un ligero encogimiento de los hombros. Sus labios formaban una extraña arruga alrededor de la boquilla de la pipa.

—Tú, Lucas, prepararás y tenderás la red para apresarlos. Llama a Arpajon, Etampes, Chartres, Orléans, Le Mans, Rambouillet. Te aconsejo que consultes el mapa. Todas las gendarmerías alerta, cordones en las entradas de las ciudades. A ésos, tenlo por seguro, los pillamos. ¿Qué hace Else Andersen?

—No lo sé. La he dejado en su habitación. Parece muy abatida.

—¡No me digas! —contestó Maigret con inesperada ironía.

Seguían en la carretera.

—¿Desde dónde puedo telefonear? —preguntó Lucas.

—Hay un aparato en la casa del dueño de la gasolinera, está en el pasillo. Comienza por Orléans, porque ya habrán pasado por Etampes.

Se encendió una luz en una granja aislada en medio del campo. Los campesinos se levantaban. El haz de una linterna rodeó un edificio, desapareció y a continuación se iluminaron las ventanas del establo.

—Las cinco de la mañana. Empiezan a sacar las vacas.

Lucas se había alejado y forzaba la puerta de la casa de Oscar con ayuda de unas pinzas que había encontrado en el taller.

Grandjean seguía a Maigret sin comprender exactamente qué ocurría.

—Los últimos acontecimientos están claros como el agua. —murmuró el comisario—. Ahora sólo queda por aclarar el principio. Vaya, ahí arriba hay un ciudadano que me ha llamado adrede para hacerme comprobar que era incapaz de caminar. Lleva horas instalado en el mismo lugar, inmóvil, rigurosamente inmóvil. De hecho, las ventanas están iluminadas, ¿no es cierto? ¡Claro! ¡Y yo que, hace un momento, buscaba la señal! Tú no puedes entenderlo. Cuando los vehículos no se paraban, ¡era porque en esos momentos la ventana *no estaba iluminada!*

Maigret, como si acabara de descubrir algo increíblemente divertido, soltó una carcajada.

Y, de repente, su compañero lo vio sacar el revólver del bolsillo y apuntar hacia la ventana de los Michonnet, donde todavía se veía la sombra de una cabeza apoyada en el respaldo de un sillón.

La detonación fue seca como un latigazo. Y le siguió la rotura del cristal, cuyos pedazos cayeron al jardín.

Pero nada se movió en la habitación. La sombra conservaba exactamente la misma forma detrás de la cortina de tela cruda.

—¿Qué ha hecho?

—¡Derriba la puerta! O mejor, llama al timbre. Me sorprendería que alguien viniera a abrir.

Nadie acudió. No se oía ningún ruido en el interior.

—¡Derríbala!

Grandjean era fornido. Tomó impulso y se lanzó tres veces contra la puerta; al fin cedió, con los goznes arrancados.

—No te precipites. Cuidado.

Cada policía llevaba un arma en la mano. El

interruptor del comedor fue el primero que dieron. Sobre la mesa, cubierta con un mantel a cuadros rojos, seguían los platos sucios de la cena y una garrafa con algo de vino blanco. Maigret se bebió lo que quedaba, directamente de la garrafa.

¡En el salón, nada! Fundas sobre los sillones. La atmósfera típica de una habitación jamás utilizada.

De la cocina, de paredes con baldosines blancos, salió el gato.

El inspector miraba a Maigret con inquietud. No tardaron en meterse por la escalera y llegar al rellano del primer piso, donde había tres puertas.

El comisario abrió la de la habitación que daba a la fachada.

Una corriente de aire, que se colaba por la ventana del cristal roto, movía la cortina. En el sillón vieron algo grotesco: una escoba colocada al revés y, envolviendo la parte superior, un montón de trapos que, al superar el respaldo del sillón, producía, visto desde fuera, como en sombra chinesca, el efecto de una cabeza.

Maigret ni siquiera sonrió. Abrió una puerta accesoria e iluminó un segundo dormitorio, que estaba vacío.

Ultimo piso: una buhardilla con unas manzanas colocadas en el suelo a dos o tres centímetros de distancia entre sí y unas ristras de judías verdes colgadas de la viga. Debía de ser el antiguo dormitorio de la criada, pero era evidente que no lo utilizaban porque sólo había una vieja mesilla de noche.

Bajaron. Maigret cruzó la cocina y salió al exterior, a un patio. Estaba orientado al este, por donde crecía el halo sucio de la aurora.

Un pequeño cobertizo. Una puerta que se movía.

—¿Quién hay ahí? —exclamó empuñando el revólver.

Le contestó un grito de terror. La puerta, que no estaba cerrada por dentro, se abrió por sí sola y una mujer cayó de rodillas clamando:

—¡Yo no he hecho nada! ¡Perdón! Yo..., yo...

Era Madame Michonnet, despeinada y con las ropas manchadas por el yeso del cobertizo.

—¿Y su marido?

—¡Yo no sé nada! ¡Le juro que no sé nada! ¡Soy una desgraciada! —Lloraba. La totalidad de sus abundantes carnes parecía reblandecerse y desplomarse. El rostro, que se había avejentado diez años, estaba abotargado por las lágrimas y descompuesto por el miedo—. ¡No he sido yo! ¡Yo no he hecho nada! Es el hombre de enfrente.

—¿Qué hombre?

—El extranjero. ¡Yo no sé nada! ¡Pero es él, se lo aseguro! Mi marido no es un asesino ni un ladrón. Tiene toda una vida de honradez a sus espaldas. La culpa la tiene ese hombre, con ese

130

ojo...! Desde que se ha instalado en la encrucijada, todo va mal. Yo...

Había un gallinero lleno de gallinas blancas que picoteaban el suelo cubierto de gruesos granos amarillos de maíz. El gato se había subido al antepecho de una ventana y sus ojos brillaban en la penumbra.

—Levántese.

—¿Qué van a hacerme? ¿Quién ha disparado?

Era lastimoso. Tenía cerca de cincuenta años y lloraba como una niña. Se sentía tan desamparada que, cuando se hubo levantado y Maigret, con un gesto maquinal, le palmoteó el hombro, ella casi se echó en sus brazos, o, al menos, recostó su cabeza sobre el pecho del comisario y se agarró a la solapa de su chaqueta gimiendo:

—¡Yo no soy más que una pobre mujer! ¡He trabajado toda mi vida! Cuando me casé, era cajera del hotel más importante de Montpellier...

Maigret la apartó, pero no sabía cómo poner fin a sus lastimeras confidencias.

—Más me habría valido seguir donde estaba. Allí me tenían bien considerada. Cuando me fui, recuerdo que el dueño, que me apreciaba mucho, me dijo que yo echaría de menos su hotel. ¡Y es cierto! Me he matado trabajando... —Se echó a llorar de nuevo. La visión de su gato reavivó su desgracia—. ¡Pobre *Mitsú!* ¡Tú tampoco tienes la culpa de nada! ¡Ni mis gallinas, mis cuatro cosas,

131

mi casa! Mire, comisario, creo que si me pusieran delante a ese hombre, sería capaz de matarlo. Lo presentí todo desde el primer día en que lo vi. Me bastó su ojo negro...

—¿Dónde está su marido?

—¿Cómo quiere que lo sepa?

—Se fue anoche, muy pronto, ¿verdad? Exactamente después de mi visita. Estaba tan enfermo como yo.

Ella no supo qué contestar. Miró ansiosa a su alrededor, como buscando ayuda.

—Es verdad que tiene gota.

—¿La señorita Else ha estado aquí?

—¡Jamás! —exclamó indignada—. Yo no quiero criaturas como ésa en mi casa.

—¿Y Oscar?

—¿Lo ha detenido?

—¡Casi!

—Lo tiene bien merecido. Mi marido jamás debió tratar con personas que no son de nuestro mundo, que carecen de educación... ¡Ah, si nos escucharan a nosotras, las mujeres! Dígame, ¿qué cree que va a ocurrir? Oigo disparos a cada momento. Si a mi marido le ocurriera algo, ¡creo que me moriría de vergüenza! Sin contar con que soy demasiado vieja para ponerme de nuevo a trabajar.

—Vuelva a su casa.

—¿Qué debo hacer?

—Beba algo caliente. Espere. Duerma, si puede.

—¿Dormir? —Y tras esta palabra comenzó un nuevo diluvio de quejas, otro ataque de lágrimas, pero que la buena mujer tuvo que finalizar por su cuenta porque los dos hombres ya habían salido.

Maigret, sin embargo, retrocedió y descolgó el teléfono.

—¡Oiga! ¿Arpajon?... ¡Policía! ¿Quiere decirme qué comunicación pidieron desde esta línea durante la noche?

Tuvo que esperar unos minutos. Al fin obtuvo la respuesta.

—Archives 27-45. Es un gran café de la Porte Saint-Martin.

—Lo conozco. ¿Ha habido otras llamadas desde la Encrucijada de las Tres Viudas?

—Un momento. Sí, desde la gasolinera me pidieron comunicación con las gendarmerías de...

—¡Gracias!

Cuando Maigret alcanzó al inspector Grandjean en la carretera, comenzaba a caer una lluvia fina como la niebla. El cielo se volvía blancuzco.

—¿Entiende usted algo, comisario?

—Más o menos.

—Esta mujer hace teatro, ¿no es cierto?

—Es de lo más sincera.

—Su marido, sin embargo...

—Esa es otra historia. Es un hombre honrado que se ha estropeado. O, si lo prefieres, un canalla que había nacido para ser un hombre honrado. ¡Y un tipo complicado! Se devana los sesos durante horas para hallar un medio de salir del atolladero, organiza planes complicadísimos y desempeña su papel a la perfección. Y aún no sabemos qué lo decidió, en un momento determinado de su vida, a convertirse en un canalla, por decirlo de algún modo. En fin —añadió Maigret—, tampoco sabemos qué ha podido tramar para esta noche.

El comisario llenó su pipa y se acercó a la verja de las Tres Viudas. Había un agente de guardia.

—¿Nada nuevo?

—Creo que no han encontrado nada. El jardín está rodeado. De todos modos, no hemos visto a nadie.

Los dos hombres dieron la vuelta al edificio, que se volvía amarillento en el claroscuro y cuyos detalles arquitectónicos empezaban a dibujarse.

El salón estaba tal como lo encontró Maigret cuando entró por primera vez: en el caballete seguía el diseño de grandes flores carmesíes para una tapicería. Sobre el fonógrafo, un disco lanzaba reflejos en forma de diábolo. El día naciente entraba en la habitación como un vapor, con hilachas irregulares.

Crujieron los mismos peldaños de la escalera.

En su habitación, Carl Andersen, que jadeaba antes de la llegada del comisario, calló en cuanto lo vio entrar, reprimió su dolor pero no su inquietud, y balbuceó:

—¿Dónde está Else?

—En su habitación.

—¡Ah! —Pareció tranquilizarse. Suspiró y se tocó el hombro, arrugando la frente—. Creo que no me moriré... —Su ojo de cristal era lo más penoso, porque no participaba de la vida del rostro. Permanecía claro, límpido, desmesuradamente abierto, mientras todos los músculos de la cara estaban activos—. Prefiero que Else no me vea así. ¿Cree que lo del hombro tiene remedio? ¿Han avisado a un buen cirujano?

Bajo el peso de la angustia, él también se volvía un niño, como Madame Michonnet. Con su mirada implorante pedía que lo tranquilizaran. Pero su mayor preocupación parecía ser su cuerpo, las huellas que los disparos podían dejar en su aspecto exterior.

Al mismo tiempo demostraba poseer una voluntad extraordinaria y una notable capacidad para superar el dolor. Maigret, que le había visto las dos heridas, apreciaba estas virtudes como un entendido.

—Dígale a Else...

—¿No quiere verla?

—¡No! Es mejor que no. Pero dígale que estoy

aquí, que me curaré, que..., que estoy del todo lúcido, que debe tener confianza. Repítale esta palabra: ¡confianza! Dígale que lea algunos versículos de la Biblia, del Libro de Job, por ejemplo. Usted se sonríe, porque los franceses no conocen la Biblia. ¡Confianza! «Y siempre reconoceré a los míos.» Es Dios quien habla, Dios, que reconoce a los suyos. ¡Dígale eso! Y también: «Hay más alegría en el cielo por...». Ella lo entenderá. Y por último: «El justo es puesto a prueba nueve veces al día...».

Increíble. Herido, con todo el cuerpo dolorido, acostado entre dos policías, recitaba serenamente versículos de las Sagradas Escrituras.

—¡Confianza! Se lo dirá, ¿verdad? Porque no hay mejor ejemplo que la inocencia.

Frunció el ceño. Había sorprendido una sonrisa en los labios del inspector Grandjean. Entonces murmuró entre dientes, para sus adentros:

—*Französe!*

¡Francés! En otras palabras, incrédulo. En otras palabras, escéptico, frívolo, criticón, impenitente.

Desalentado, se giró en la cama y se quedó contemplando la pared con su único ojo vivo.

«Se lo dirá, ¿verdad?»

Pero cuando Maigret y su compañero empujaron la puerta de la habitación de Else, no vieron a nadie.

Una atmósfera de invernadero. Una nube opaca de tabaco rubio. Y un ambiente femenino muy denso, como para hacer enloquecer a un colegial e incluso a un adulto.

¡Pero no había nadie! La ventana estaba cerrada; Else no había podido irse por allí.

Maigret apartó el cuadro que ocultaba el escondrijo de la pared; todo estaba en su sitio: el frasco de Veronal, la llave, el revólver... ¡No! ¡El revólver había desaparecido!

—¡No me mires así, diantre! —gritó Maigret al inspector, que se hallaba a sus espaldas y que lo contemplaba casi con adoración.

En ese instante, Maigret apretó con tanta fuerza los dientes que la boquilla de la pipa se partió en dos y la cazoleta rodó por la alfombra.

—¿Se ha escapado?

—¡Cállate!

Estaba furioso, y era injusto. Grandjean, pasmado, se mantuvo lo más quieto que pudo.

Aún no era de día. Aquel vapor gris flotaba todavía a ras de suelo, pero no iluminaba. El vehículo del panadero pasó por la carretera, un viejo Ford cuyas ruedas delanteras zigzagueaban sobre el asfalto.

De repente, Maigret se dirigió al pasillo y bajó la escalera corriendo. Y en el preciso instante en que alcanzaba el salón, cuyas dos ventanas acristaladas estaban abiertas de par en par, se oyó un grito espantoso, un grito de muerte, un aullido, la queja de un animal en peligro.

La voz era de mujer y llegaba sofocada por algún obstáculo insuperable.

Venía de muy lejos o de muy cerca. Tal vez procediera de la cornisa. O de debajo de la tierra.

Y el grito era tan angustioso que el hombre apostado en la verja acudió corriendo con la cara demudada.

—Comisario, ¿lo ha oído?

—¡Silencio, diantre! —gritó Maigret.

Aún no había acabado de hablar cuando se oyó un disparo, pero tan apagado que nadie podía decir si había sonado a la derecha, a la izquierda, en el jardín, en la casa, en el bosque o en la carretera.

Después hubo ruido de pasos en la escalera. Carl Andersen bajaba totalmente erguido, con una mano en el pecho y gritando como un loco:

—¡Es ella!

Jadeaba. Su ojo de cristal seguía inmóvil. Era imposible saber qué miraba con la otra pupila, desmesuradamente abierta.

Los detenidos, en fila

El desconcierto reinó algunos segundos, más o menos el tiempo que tardaron en desvanecerse en el aire los últimos ecos del disparo. Esperaban el siguiente. Carl Andersen seguía avanzando y alcanzó un sendero cubierto de gravilla.

Uno de los agentes apostados en el jardín se precipitó de repente hacia el huerto, en medio del cual se alzaba el brocal de un pozo coronado por una polea. Apenas se había asomado cuando se echó hacia atrás e hizo sonar un pito.

—¡Llévatelo, tanto si quiere como si no! —gritó Maigret a Lucas, señalando al danés, que se tambaleaba.

Y todo, en el alba confusa, pareció ocurrir simultáneamente; Lucas hizo una seña a uno de sus hombres; los dos se acercaron al herido, parlamentaron un instante con él y, como Carl no quería hacer caso, lo sujetaron y se lo llevaron pataleando y lanzando todo tipo de protestas.

Cuando Maigret llegó al pozo, el agente lo frenó y le gritó:

—¡Cuidado!

En efecto, una bala pasó silbando junto a él,

y la detonación subterránea se prolongó en largas oleadas de resonancia.

—¿Quién es?

—La joven, Else. Y un hombre. Están luchando cuerpo a cuerpo.

El comisario se asomó con cautela. Apenas se veía algo.

—Tu linterna.

No tuvo tiempo de hacerse una ligera idea de lo que ocurría porque una bala que pasó silbando estuvo a punto de partir la linterna.

El hombre era Michonnet. El pozo tenía poca profundidad. En cambio era ancho y no tenía agua.

Y los dos estaban allí dentro, peleándose. Por lo que podía deducirse, el agente de seguros había agarrado a Else por el cuello, como para estrangularla. Ella tenía un revólver en la mano. Pero él también le oprimía esa mano y dirigía el cañón a su antojo.

—¿Qué vamos a hacer? —preguntó el inspector, alterado.

A veces subía un estertor: era Else, que se ahogaba y se debatía desesperadamente.

—¡Michonnet, ríndase! —exclamó Maigret, para descargar su conciencia.

El otro ni siquiera contestó, disparó al aire, y entonces el comisario no lo dudó. El pozo tenía tres metros de profundidad. Bruscamente, Maigret saltó y fue a caer exactamente sobre la espalda del agente de seguros, aunque aplastó una pierna de Else.

Reinó la confusión más absoluta. Hubo otro disparo, que rozó la pared del pozo y fue a perderse en el cielo, mientras el comisario, por prudencia, golpeaba brutalmente y con ambas manos el cráneo de Michonnet.

Al cuarto golpe, el agente de seguros le lanzó una mirada de animal herido, se tambaleó y cayó de lado, con un ojo morado y la mandíbula desencajada.

Else se había llevado las manos a la garganta y hacía esfuerzos por respirar.

La lucha en el fondo del pozo, en medio de un olor a salitre y limo, en la penumbra, había sido a la vez trágica y grotesca.

Más grotesco fue el epílogo: a Michonnet lo izaron con la cuerda de la polea, flácido, fofo y lloriqueante; Else, a la que Maigret subió a fuerza de brazos, estaba sucia y unos manchones de espuma verdosa cubrían su vestido de terciopelo negro.

Ni ella ni su adversario habían perdido el conocimiento. Pero estaban agotados, exhaustos, como esos payasos que parodian un combate de boxeo y que, apoyado el uno en el otro, siguen asestándose golpes imprecisos en el vacío.

Maigret había recogido el revólver. Era el de

Else, el que faltaba en el escondrijo de la habitación. Quedaba una única bala.

Lucas salió de la casa, se acercó a ellos con cara de preocupación y suspiró al contemplar el espectáculo.

—He tenido que atar al otro a la cama.

El agente de policía aplicaba un pañuelo empapado de agua a la frente de la joven. El brigada preguntó:

—¿De dónde salen esos dos?

Apenas había terminado de hablar cuando vieron cómo Michonnet, al que ni siquiera le quedaban energías para tenerse en pie, se abalanzaba sobre Else con el rostro descompuesto por la ira. No tuvo tiempo de alcanzarla. De un puntapié, Maigret lo lanzó a dos metros de distancia y gritó:

—¡La comedia se ha acabado!

Y le asaltó una risa incontenible al ver la cómica expresión del agente de seguros. Se parecía a uno de esos niños enrabiados que, mientras se les da un azote, sujetos bajo el brazo, siguen pataleando, gritando, llorando, intentando morder y pegar, sin reconocer su impotencia.

Porque Michonnet lloraba. Lloraba y hacía muecas. Amenazaba incluso con el puño.

Else, ya en pie, se pasaba una mano por la frente.

—¡Llegué a creer que no saldría de ésta! —suspiró con una leve sonrisa—. Me agarraba con tal fuerza...

Tenía una mejilla tiznada de tierra, y barro en los cabellos despeinados. Maigret no estaba mucho más limpio.

—¿Qué hacían en el pozo? —preguntó.

Ella le dirigió una mirada aguda. Su sonrisa desapareció. De pronto recuperaba toda su sangre fría.

—Conteste.

—Yo... Me arrastró hasta aquí a la fuerza.

—¿Michonnet?

—¡No es cierto! —gritó el aludido.

—Sí lo es. Quiso estrangularme. Creo que se ha vuelto loco.

—¡Miente! ¡Ella es la que está loca! O mejor dicho, la que...

—¿La que qué?

—¡No lo sé! La que... Es una víbora y habría que aplastarle la cabeza con una piedra.

El día, de manera apenas perceptible, había nacido. En todos los árboles piaban los pájaros.

—¿Por qué iba armada con un revólver?

—Porque temía una trampa.

—¿Qué trampa? Un momento, vayamos por orden. Acaba de decir que fue asaltada y arrastrada al pozo.

—¡Miente! —repitió entre convulsiones el agente de seguros.

—Enséñeme el lugar donde se produjo el ataque —prosiguió Maigret.

Ella miró a su alrededor y señaló la escalinata.

—¿Allí? ¿Y no gritó?

—No pude.

—¿Y este hombrecillo enclenque fue capaz de arrastrarla hasta el pozo, es decir, de recorrer doscientos metros con una carga de cincuenta y cinco kilos?

—Así es.

—¡Miente!

—¡Hágalo callar! —dijo ella con cansancio—. ¿No ve que está loco? Y eso no es de hoy...

Hubo que sujetar a Michonnet, que quería arrojarse de nuevo contra ella.

Formaban un grupito en el jardín: Maigret, Lucas y los dos inspectores, situados frente al agente de seguros, cuyo rostro estaba tumefacto, y a Else, que mientras hablaba intentaba mejorar su aspecto.

Habría sido difícil determinar por qué la escena no conseguía alcanzar el tono de una tragedia, ni siquiera el de un drama. Todo olía más bien a payasada.

Tal vez se debiera al alba indecisa. Y también al cansancio de todos, incluso al hambre.

Lo peor ocurrió cuando vieron a una buena mujer que caminaba titubeante por la carretera; tras mostrar la cabeza detrás de los barrotes de la verja y abrirla finalmente, exclamó mirando a Michonnet:

—¡Emile! —Era Madame Michonnet. Más atontada que desamparada, sacó un pañuelo de su bolsillo y se echó a llorar—. ¡Otra vez con esta mujer!

Parecía una matrona que, zarandeada por los acontecimientos, se refugiaba en la amargura aliviadora de las lágrimas.

Maigret observó, divertido, la nitidez que adquiría el rostro de Else cuando ésta miró sucesivamente a todos los que la rodeaban. Una cara bonita, muy fina, de repente tensa y punzante.

—¿Qué había ido a hacer en el pozo? —preguntó campechano, como queriendo decir: «Basta, ¿eh? Entre nosotros, ya no vale la pena hacer teatro».

Ella lo entendió. Sus labios se estiraron en una sonrisa irónica.

—¡Creo que somos como animales! —admitió—. Sólo sé que tengo hambre, sed, frío, y además me gustaría arreglarme un poco. Después, ya veremos.

Ya no actuaba. Era, por el contrario, de una claridad admirable.

Estaba completamente sola en medio del grupo y no se alteraba; divertida, miraba a Madame Michonnet, hecha un mar de lágrimas, al lastimoso Michonnet, y después se volvía a Maigret con unos ojos que parecían decir: «¡Pobres! Nosotros somos de otra raza, ¿verdad? Dentro de un momento charlaremos. ¡Usted ha ganado! ¡Pero reconozca que yo he jugado bien mis cartas!».

Ningún pánico, tampoco ningún malestar. Ni rastro de fanfarronada.

Al fin surgía la auténtica Else, y ella misma saboreaba esta revelación.

—Venga conmigo —le dijo Maigret—. Tú, Lucas, ocúpate del otro. En cuanto a la mujer, que se vuelva a su casa, o que se quede aquí.

—Entre. No me molesta.

Era la misma habitación, arriba, con el diván negro, el penetrante perfume y el escondrijo detrás de la acuarela. Era la misma mujer.

—¿Carl está bien vigilado, por lo menos? —preguntó señalando con la barbilla la habitación del herido—. ¡Porque aún se pondría más furioso que Michonnet! Ya puede fumar su pipa.

Echó agua en la palangana, se quitó el vestido tranquilamente, como si fuera la cosa más natural del mundo, y se quedó en combinación, sin mostrar pudor ni deseos de provocar.

Maigret pensaba en su primera visita a la casa de las Tres Viudas, en la Else enigmática y distante como una *vamp* de cine, y en la atmósfera turbia y enervante de la que conseguía rodearse.

¿Era una joven perversa cuando hablaba del castillo de sus padres, de las niñeras y de las institutrices, de la intransigencia de su padre?

¡Se había terminado! Un gesto era más elocuente que todas las palabras: esa manera de quitarse el vestido, y de mirarse ahora en el espejo antes de echarse agua a la cara, la delataron.

Era una prostituta, sencilla y vulgar, de aspecto sano y taimada.

—Confiese que se lo tragó.

—No por mucho tiempo.

Se secó la cara con la punta de una toalla.

—No presuma. Ayer, cuando usted entró aquí y yo le dejé ver un pecho, tenía usted la garganta seca y la frente húmeda, como un tipo normal que es. Ahora, claro está, ya no le impresiona. Sin embargo, no soy fea.

Echaba el busto hacia atrás y se complacía en mirar su cuerpo flexible, prácticamente desnudo.

—En confianza, ¿qué le ha puesto alerta? ¿He cometido algún error?

—Varios.

—¿Cuáles?

—Por ejemplo, el de hablar en exceso del castillo y del parque. Cuando se vive realmente en un castillo, se dice más bien la casa o la finca.

Ella había descorrido la cortina de un ropero y miraba sus trajes sin decidirse.

—Me llevará a París, claro. ¡Y habrá fotógrafos! ¿Qué le parece este traje verde? —Lo sostuvo delante de ella para juzgar el efecto—. ¡No! El negro sigue siendo lo que mejor me sienta. ¿Quiere darme fuego?

Y se rió porque, pese a todo, a Maigret, en particular cuando Else se le acercó para encender el cigarrillo, lo turbaba un poco el apagado erotismo que ella introducía en la escena.

—¡Vamos! Ya me visto. Es «la monda», ¿verdad?

Hasta las palabras de jerga adquirían un sabor especial cuando las pronunciaba, debido a su acento.

—¿Desde cuándo es usted la amante de Carl Andersen?

—Yo no soy su amante. Soy su mujer.

Se pasó un lápiz por las cejas y se retocó el maquillaje rosado de sus mejillas.

—¿Se casaron en Dinamarca?

—¡Veo que todavía no sabe nada! Y no cuente conmigo para hablar. No estaría bien... Además, no me retendrá mucho. ¿Cuánto tiempo transcurrirá desde la detención hasta que me tomen las huellas dactilares?

—Se las tomarán inmediatamente.

—¡Peor para usted! Porque descubrirán que mi

148

verdadero nombre es Bertha Krull y que, desde hace algo más de tres años, hay una orden de busca y captura contra mí de la policía de Copenhague... El gobierno danés pedirá la extradición. ¡Bien!, ya estoy a punto. Ahora, si me lo permite, iré a comer algo. ¿No le parece que aquí huele a cerrado?

Caminó hasta la ventana y la abrió. Después volvió a la puerta. Maigret fue el primero en franquearla. Entonces, bruscamente, ella la cerró desde dentro, corrió el cerrojo y se oyeron sus pasos presurosos en dirección a la ventana.

Si Maigret hubiera pesado diez kilos menos, sin duda ella se habría escapado. Pero el comisario no perdió ni un cuarto de segundo. Apenas oyó que ella corría el cerrojo, arrojó todo su volumen contra la hoja de la puerta.

Y ésta cedió al primer embate. La puerta cayó, con las cerraduras y los goznes arrancados.

Else estaba a caballo sobre la baranda. Titubeó.

—Demasiado tarde —dijo Maigret.

Ella se volvió, con el pecho un poco jadeante y la frente húmeda.

—¡No valía la pena arreglarse con tanto cuidado! —ironizó, mostrando su traje desgarrado.

—¿Me da su palabra de que no intentará huir otra vez?

—¡No!

—En ese caso, la prevengo de que dispararé al menor gesto sospechoso.

Y desde ese momento conservó su revólver en la mano.

Al pasar por delante de la puerta de Carl, ella preguntó:

—¿Cree que saldrá de ésta? Lleva dos balas en el cuerpo, ¿verdad?

El la observó y, en aquel instante, le habría costado mucho emitir un juicio sobre ella. Sin embargo, creyó leer en su cara y en su voz una mezcla de compasión y rencor.

—En parte es culpa suya —decidió Else como para tranquilizar su conciencia—. Con tal de que quede algo de comer en la casa...

Maigret la siguió a la cocina; ella buscó en los armarios y acabó por encontrar una lata de langosta.

—¿Quiere abrírmela? Puede abrirla sin miedo, le prometo que no lo aprovecharé para escapar.

Reinaba entre ellos una especie de cordialidad que Maigret apreciaba. Había incluso algo íntimo en la relación, una pizca de segunda intención en cada gesto.

A ella le divertía ese hombretón plácido que, ciertamente, la había vencido y que, no obstante, la admiraba por su arrojo. El, por su parte, se complacía tal vez demasiado en esa promiscuidad tan al margen de la norma.

—Ya está abierta. Coma rápidamente.

—¿Ya nos vamos?

—No sé nada.

—Dígame, entre nosotros, ¿qué ha descubierto?

—Da igual.

—¿Se lleva también al imbécil de Michonnet? Sigue siendo el que me da más miedo. Hace un rato, en el pozo, estaba convencida de que no iba a salir viva. El hombre tenía los ojos fuera de las órbitas. Me oprimía el cuello con todas sus fuerzas.

—¿Era usted su amante?

Se encogió de hombros, como si para una mujer como ella ese detalle careciera realmente de importancia.

—¿Y Oscar? —continuó.

—Bueno, ¿y qué?

—¿Tiene algún otro amante?

—Todo eso tendrá que descubrirlo usted mismo. Yo sé exactamente lo que me espera. Tengo cinco años que purgar en Dinamarca por complicidad en un atraco a un banco y rebeldía. Allí me gané este balazo. —Señalaba su seno derecho—. En cuanto al resto, ¡los de aquí ya se apañarán!

—¿Dónde conoció usted a Isaac Goldberg?

—No diré nada.

—Sin embargo, tendrá usted que hablar.

—Siento curiosidad por saber cómo piensa usted conseguirlo.

Hablaba mientras comía la langosta, sin pan, porque ya no quedaba en la casa. En el salón se oía a un agente que paseaba de un lado a otro, sin dejar de vigilar a Michonnet, que estaba tumbado en un sillón.

Dos vehículos se detuvieron al mismo tiempo ante la verja. La abrieron y los coches entraron en el jardín, rodearon la casa y pararon al pie de la escalinata.

En el primero iba un inspector, dos gendarmes, Oscar y su mujer.

En el otro —el taxi de París—, un inspector custodiaba a un tercer personaje.

Pese a que todos iban esposados, mantenían los rostros serenos, a excepción de la mujer de Oscar, que tenía los ojos enrojecidos.

Maigret hizo pasar a Else al salón, y una vez más Michonnet intentó precipitarse sobre ella.

Introdujeron a los detenidos. Oscar mostraba prácticamente la desenvoltura de un visitante normal, pero hizo una mueca al ver a Else y al agente de seguros. El otro, el que parecía italiano, quiso bromear.

—¡Vaya reunión de familia! ¿Es para una boda o para la lectura de un testamento?

El inspector explicaba a Maigret:

—Ha sido una suerte detenerlos sin causar da-

152

ños. Al pasar por Etampes, recogimos a dos gendarmes que habían sido alertados y que habían visto pasar el coche sin conseguir pararlo. A cincuenta kilómetros de Orléans, a los fugitivos se les reventó un neumático. Se pararon en medio de la carretera y nos apuntaron con sus revólveres. El dueño de la gasolinera fue el primero en entregarse; si no, aquello se hubiera convertido en una batalla campal. Nos acercamos, y el italiano disparó dos tiros con la Browning, sin alcanzarnos.

—Comisario, en mi casa yo lo invitaba a beber. Permítame decirle que tengo sed —dijo Oscar.

Maigret había ordenado que trajeran al mecánico, que estaba atado de pies y manos en el taller. Ahora parecía estar contando a sus agentes.

—¡Péguense todos a la pared! —ordenó—. Michonnet, usted al otro lado, y ni se le ocurra intentar acercarse a Else.

El agente de seguros le lanzó una mirada cargada de odio y fue a colocarse en un extremo de la fila, con los bigotes caídos y un ojo cada vez más hinchado a causa de los puñetazos.

A su lado estaba el mecánico, cuyas muñecas seguían atadas con el cable eléctrico. Luego, la mujer del dueño de la gasolinera, flaca y desolada. A continuación, su marido, muy molesto por no poder meter las manos en los bolsillos de su pantalón, como siempre demasiado ancho. Finalmente, Else y el italiano, que debía de ser el más rufián de la banda y que en el dorso de la mano tenía tatuada una mujer desnuda.

Maigret los miró a todos, uno por uno, lentamente, con una pequeña mueca de satisfacción; llenó una pipa, se dirigió a la escalinata y exclamó, mientras abría la puerta acristalada:

—Lucas, apunta los nombres, apellidos, profesión y domicilio de cada uno. Cuando acabes, llámame.

Estaban los seis de pie. Lucas preguntó, señalando a Else:

—¿Tengo que ponerle también las esposas?

—¿Por qué no?

Entonces ella exclamó con convicción:

—¡Es usted un canalla, comisario!

El sol inundaba el jardín. Miles de pájaros cantaban. En el horizonte, en un pequeño campanario de aldea, el gallo de una veleta brillaba como si fuera totalmente de oro.

En busca del asesino

Cuando Maigret regresó al salón, donde las dos puertas acristaladas, abiertas, dejaban penetrar bocanadas de primavera, Lucas acababa de tomar los datos personales de todos en una atmósfera que recordaba la de un dormitorio de cuartel.

Los detenidos seguían alineados contra una pared, pero en una formación más irregular que antes. Y, como mínimo, tres de ellos no se dejaban impresionar en absoluto por la policía: Oscar, su mecánico Jojo y el italiano Guido Ferrari.

Oscar dictaba a Lucas:

—Profesión: mecánico de coches. Añada: ex boxeador profesional, licencia número mil novecientos veinte, campeón de París de pesos semipesados en 1922.

Unos inspectores trajeron a dos nuevos reclutas. Eran los empleados de la gasolinera, que acababan de llegar, como cada mañana, para reanudar el trabajo. Les hicieron alinearse junto a la pared, con los demás. Uno de ellos, que tenía cara de gorila, se limitó a preguntar con voz cansina:

—¿Qué? ¿Nos han atrapado?

Hablaban todos a la vez, como en una clase

de la que se ha ausentado el profesor. Se daban codazos y se intercambiaban chistes.

Sólo Michonnet mantenía su lastimoso aspecto, con los hombros encogidos y la mirada huraña fija en el suelo.

Else, por su parte, miraba a Maigret casi con complicidad. ¿Acaso no se habían entendido muy bien los dos? Cuando Oscar lanzaba una pésima broma, ella sonreía ligeramente al comisario.

¡Ella misma se situaba, en cierto modo, en una clase aparte!

—¡Ahora, un poco de silencio! —atronó Maigret.

Pero en ese instante un coche pequeño se paró al pie de la escalinata. De él bajó un hombre elegantemente vestido, con aspecto de estar muy ocupado y llevando un maletín de cuero bajo el brazo. Tras subir rápidamente las escaleras, pareció asombrado de la atmósfera en que penetraba de repente y miró a los hombres alineados.

—¿El herido?

—¿Quieres ocuparte tú, Lucas?

Era un gran cirujano de París, el que habían llamado para Carl Andersen. Con preocupación, se alejó precedido por el brigada.

—¿Te has fijado en la cara del matasanos ése?

Sólo Else había fruncido el ceño. El azul de sus ojos se había desleído un poco.

—¡He dicho silencio! —exclamó Maigret—. Ya

bromearéis después. Según parece, olvidáis que al menos uno de vosotros se está jugando aquí la vida.

Y su mirada se paseó lentamente de un extremo a otro de la fila. La frase había producido el efecto deseado.

El sol seguía brillando y la atmósfera era primaveral. Los pájaros no paraban de gorjear en el jardín y las sombras de los árboles se estremecían sobre la gravilla de la avenida.

Pero, en el salón, los labios se habían secado y las miradas perdían seguridad. Michonnet, de todos modos, fue el único que exhaló un gemido, tan involuntario que él mismo se sorprendió y, confuso, desvió la cabeza.

—¡Veo que me habéis entendido! —prosiguió Maigret, paseándose por la habitación con las manos a la espalda—. Vamos a intentar ganar tiempo. Si no conseguimos aclararlo todo aquí, continuará la sesión en el Quai des Orfèvres. Ya conocéis el local, ¿no? ¡Bien! Primer crimen: Isaac Goldberg es asesinado a quemarropa. ¿Quién hizo venir a Goldberg a la Encrucijada de las Tres Viudas?

En silencio, se miraron entre sí con hostilidad mientras, por encima de sus cabezas, se oyeron los pasos del cirujano.

—¡Estoy esperando! Repito que la sesión continuará en la Prefectura. Allí seréis interrogados uno a uno... Goldberg estaba en Amberes. Tenía alrededor de dos millones en diamantes para colocar. ¿A quién se le ocurrió ese asunto?

—A mí —dijo Else—. Lo había conocido en Copenhague y sabía que era especialista en joyas robadas. Leí en los diarios lo del robo de Londres, y también que sospechaban que los diamantes estaban en Amberes; me imaginé que se trataba de Goldberg. Se lo conté a Oscar.

—Empezamos bien —gruñó éste.

—¿Quién escribió la carta a Goldberg?

—Ella.

—Sigamos. Goldberg llegó de noche. ¿Quién estaba en ese momento en la gasolinera? Y sobre todo, ¿quién iba a encargarse de matarlo?

Silencio. Pasos de Lucas en la escalera. El brigada se dirigió a un inspector.

—Corre a Arpajon y trae al primer médico que encuentres, el cirujano lo necesita para que lo ayude. Trae también aceite alcanforado. ¿Entendido?

Y Lucas volvió arriba mientras Maigret, con el ceño fruncido, miraba a su tropa en formación.

—Vamos a remontarnos aún más en el pasado. Supongo que así será más sencillo. ¿Desde cuándo eres perista?

Miraba a Oscar, a quien esta pregunta pareció menos molesta que las anteriores.

—¡Eso es! ¡Al fin! Usted mismo confiesa que sólo soy un perista, un vulgar "maquillador" de coches. ¡Y quizá ni eso! —Era endiabladamente farsante. Miraba a los demás detenidos y se esforzaba por sonreír—. Mi mujer y yo somos unas personas digamos que casi honradas. ¿Verdad, preciosa? Es muy sencillo. Yo era boxeador. En 1925 perdí mi título, ¡y lo único que me ofrecieron fue un puesto en una barraca de la Feria del Trono! ¡Muy poco para mí! Tenía buenas y malas amistades; entre otras, un tipo que fue detenido dos años después, pero que en aquel momento ganaba lo que quería vendiendo cosas que no había pagado.

»Yo también quise probarlo. Como en mi juventud había sido mecánico, busqué un taller. Mi plan era conseguir que me confiaran coches, neumáticos y material, revenderlo todo a escondidas y largarme del taller sin decir palabra. ¡Calculaba conseguir unos cuatrocientos mil! Pero se me ocurrió demasiado tarde. Las grandes empresas se lo pensaban dos veces antes de dar mercancía a crédito.

»Así que, un día, un tipo que había conocido en una taberna de la Bastille me trajo un coche robado para "maquillarlo". ¡Es tan fácil que da risa! Se corrió la voz por París. El taller estaba bien situado, quiero decir que la gasolinera casi no tenía vecinos. Me trajeron diez, veinte. Después trajeron un coche que todavía recuerdo y que estaba lleno de cubertería de plata robada en una mansión de los alrededores de Bougival. La escondí toda y entré en tratos con los revendedores de Etampes, de Orléans, y hasta de más lejos. Me acostumbré. Era un filón. —Y, volviéndose a su mecánico, le preguntó—: ¿Ha descubierto el truco de los neumáticos?

—Pues claro —suspiró el otro.

—¿Sabes que estás muy gracioso con ese cable eléctrico? ¡Sólo te falta un enchufe para convertirte en un farolito!

—Isaac Goldberg llegó en su vehículo, un Minerva —lo interrumpió Maigret—. Lo esperabais, porque no pensabais comprarle los diamantes, ni siquiera a bajo precio, sino robárselos. Y, para robárselos, había que cargárselo. Así que os reunisteis en el taller, o mejor dicho, en la casa que está detrás.

¡Silencio absoluto! Habían llegado al punto álgido. Maigret repasó todas las caras, una a una, y descubrió dos gotas de sudor en la frente del italiano.

—Tú eres el asesino, ¿verdad?

—¡No! Es..., es...

—¿Quién?

—Son ellos. Es...

—¡Miente! —gritó Oscar.

—¿Quién tenía que asesinar a Goldberg?

Entonces el dueño de la gasolinera, contoneándose, soltó:

—¡El tipo de arriba, hombre!

—¡Repítelo!

—El tipo de arriba.

Pero la voz ya había perdido convicción.

—¡Acércate!

Maigret señalaba a Else. El comisario se desenvolvía como un director de orquesta que controla los instrumentos más dispares, convencido de que el conjunto creará una armonía perfecta.

—¿Naciste en Copenhague?

—Si me tutea, creerán que nos hemos acostado juntos.

—Contesta.

—En Hamburgo.

—¿En qué trabaja tu padre?

—Era descargador de muelle.

—¿Vive?

Ella se estremeció de pies a cabeza. Miró a sus compañeros con una especie de turbio orgullo.

—Fue decapitado en Düsseldorf.

—¿Y tu madre?

—Es una borracha.

—¿Qué fuiste a hacer a Copenhague?

—Era la amante de un marinero, Hans, un buen muchacho. Lo había conocido en Hamburgo y me llevó con él. El chico formaba parte de una banda. Un día decidieron asaltar un banco. Todo estaba previsto, íbamos a ganar millones en una noche. Yo vigilaba. Pero alguien se chivó, porque justo en el momento en que, dentro del banco, los hombres empezaban a abrir las cajas de caudales, la policía nos rodeó. Era de noche. No se veía nada, y nos dispersamos. Hubo un tiroteo, gritos, persecuciones. A mí me dispararon en el pecho y eché a correr. Dos agentes me atraparon. Mordí a uno de ellos y, de una patada en las partes, obligué al otro a soltarme. Pero siguieron tras de mí. Entonces vi el muro de un parque y me encaramé. Caí al otro lado y, cuando recuperé el conocimiento, en el parque de la mansión vi a un joven alto muy elegante, un chico de la alta sociedad, que me miraba entre asombrado y compasivo.

—¿Andersen?

—No es su verdadero nombre. Ya se lo dirá él si le parece. Pertenece a una familia muy conocida en la Corte, que vive la mitad del año en uno de los castillos más hermosos de Dinamarca y la otra mitad en una gran mansión cuyo parque es tan grande como todo un barrio de una ciudad.

Vieron entrar al inspector acompañado de un hombrecito apoplético. Era el médico que había pedido el cirujano. El hombre se sobresaltó al descubrir aquella extraña reunión y, sobre todo, al ver esposas en casi todas las muñecas. Pero se lo llevaron al primer piso.

—Sigue.

Oscar se reía burlonamente. Else le dirigió una mirada feroz, casi de odio.

—No pueden entenderlo —murmuró—. Carl me ocultó en la mansión de sus padres y me cuidó él mismo, ayudado por un amigo que estudiaba medicina. Ya había perdido un ojo en un accidente de aviación y llevaba un monóculo negro. Creo que se consideraba desfigurado para siempre. Estaba convencido de que ninguna mujer podría amarlo, de que cualquiera se horrorizaría en cuanto él se quitara el monóculo negro y mostrara el párpado recosido y el ojo artificial.

—¿Se enamoró de ti?

—No exactamente... Al principio, no le entendía. Y ésos —señalaba a sus cómplices— jamás le entenderán. La familia era de religión protestante. La primera idea de Carl fue salvar mi alma, como él decía. Me soltaba largos discursos, me leía capítulos de la Biblia. Al mismo tiempo, tenía miedo de sus padres. Después, cierto día, cuando yo ya estaba prácticamente restablecida, me besó de repente en la boca y salió huyendo. Pasé casi una semana sin verlo; mejor dicho, desde el tragaluz del cuarto de una criada, donde estaba oculta, lo veía pasearse durante horas por el parque, cabizbajo, nerviosísimo.

Oscar se palmoteaba los muslos de la risa.

—¡Es tan emocionante como una novela! —exclamó—. ¡Sigue, muñeca!

—Eso es todo. Cuando regresó, me dijo que quería casarse conmigo, que no podía hacerlo en su país y que nos iríamos al extranjero. Decía que al fin había comprendido la vida, que a partir de ahora tendría un objetivo y dejaría de ser un inútil, y etcétera, etcétera. Nos casamos en Holanda bajo el nombre de Andersen. Eso me divertía, y creo incluso que me lo tomé en serio. El me contaba cosas fantásticas, me obligaba a vestirme así o asá, a comportarme bien en la mesa, a perder el acento. Me obligaba a leer libros, visitábamos museos...

—Oye, preciosa —dijo el dueño de la gasolinera a su mujer—, cuando hayamos cumplido nuestro tiempo entre rejas, también visitaremos museos, ¿verdad? Y nos extasiaremos los dos, cogiditos de la mano, delante de *La Gioconda*.

—Nos instalamos aquí —prosiguió Else, locuaz— porque Carl temía tropezarse con uno de mis antiguos cómplices. Y tuvo que ponerse a trabajar para vivir, porque había renunciado a la fortuna de sus padres. Para despistar mejor a la gente, me hacía pasar por su hermana, pero seguía preocupado. Cada vez que llamaban a la verja, se sobresaltaba, porque Hans había conseguido escapar de la cárcel y no se sabía dónde paraba... Carl me ama, seguro.

—Sin embargo... —añadió pensativamente el comisario.

Entonces ella, agresiva, continuó:

—¡Ya me gustaría verlo a usted en mi lugar! Esta soledad inacabable, sin otra cosa que conversaciones sobre la bondad, sobre la belleza, la redención del alma, la elevación hacia el Señor, los destinos del hombre... ¡Encima, lecciones de modales! Y, cuando se iba, me encerraba con la excusa de que temía que me entrara una tentación. En realidad, era celoso como un tigre. ¡Y apasionado!

—Después de esto, si alguien niega que yo tengo un ojo de lince... —interrumpió Oscar.

—¿Y tú qué hiciste? —le preguntó entonces Maigret a Oscar.

—¡Pues lo descubrí! Fue muy fácil. Me di cuenta de que su pose era falsa. Por un momento llegué a preguntarme si el danés no sería como ella. Pero desconfié de él. Preferí dar vueltas en torno a la chica... ¡No te pongas nerviosa, boba! Sabes perfectamente que al final siempre he vuelto contigo. ¡Todo eso eran negocios!... Pues bien, empecé a merodear alrededor de la casa cuando el «Ojo Solitario» se marchaba. Un día empezamos a hablar, por la ventana, porque la mocita estaba encerrada. Ella comprendió en seguida de qué se trataba. Le lancé una bola de cera para que sacara un molde de la cerradura. Al mes siguiente, nos citamos en el fondo del jardín y nos dimos un revolcón. No es tan maravillosa. Lo que pasaba era que se había hartado del aristócrata. Su corazón tiraba al hampa, ¡vaya!

—Y a partir de entonces, Else —continuó Maigret, lentamente—, usted tomó la costumbre de echar Veronal en la sopa de Carl Andersen cada noche.

—Sí.

—¿Y se iba a ver a Oscar?

La mujer de éste, con los ojos enrojecidos, retenía los sollozos.

—¡Me han engañado, comisario! —explotó—. Al principio, mi marido decía que sólo era una amiga, que sacándola de su agujero hacíamos una buena acción. Y se nos llevaba a las dos, por la noche, a París, y nos corríamos una juerga con los amigos. Yo no sospeché de nada, hasta el día en que los sorprendí.

—¿Y qué? Un hombre no es un fraile. La pobre se consumía.

Else callaba. Se la veía incómoda, tenía la mirada turbia.

De repente, Lucas bajó de nuevo.

—¿Hay alcohol de quemar en esta casa?

—¿Para qué?

—Para desinfectar los instrumentos.

Else se precipitó a la cocina y revolvió unas botellas.

—¡Aquí está! —dijo—. ¿Lo salvarán? ¿Sufre?

—¡Marrana! —gruñó entre dientes Michonnet,

que desde el comienzo de esta conversación se había derrumbado.

Maigret lo miró a los ojos y luego se dirigió al dueño de la gasolinera.

—¿Y ése?

—¿Todavía no lo ha entendido?

—Más o menos. La encrucijada tiene tres casas. Todas las noches había extrañas idas y venidas: eran los camiones de legumbres que, al regresar vacíos de París, traían las mercancías robadas. La casa de las Tres Viudas ya no le preocupaba. Pero quedaban los Michonnet.

—Además, nos faltaba un hombre respetable para revender determinadas cosas en las provincias.

—¿Fue Else la que se encargó de ganarse a Michonnet?

—¿De qué serviría, si no, ser una chica guapa? Se entusiasmó... ¡Nos lo trajo una noche y lo celebramos con *champagne!* Otra vez lo llevamos a París y montamos una de las juergas más sonadas, mientras su mujer lo creía en viaje de inspección. ¡Estaba perdido! Y lo obligamos a tomar una decisión. Lo más gracioso fue que se creyó que Else se había enamorado de él y se puso celoso como un colegial. ¿No es divertido? ¡Con esa cara de vendedor de lápidas a plazos!

Arriba se oyó un ruido indefinible, y Maigret observó que Else palidecía y que, a partir de entonces, se desinteresaba del interrogatorio para mantenerse atenta a lo que ocurría en la habitación de Carl.

Oyeron la voz del cirujano.

—Sujétenle.

Dos gorriones saltaban sobre la gravilla blanca de la avenida.

Maigret, mientras llenaba una pipa, examinó una vez más a todos los detenidos.

—Sólo queda por saber quién fue el que mató a... ¡Silencio!

—Yo, como perista, sólo arriesgo...

El comisario, impaciente, lo hizo callar dándole un empujón.

—Else se entera por la prensa del robo de las joyas en Londres; valen dos millones, y deben de estar en manos de Isaac Goldberg, al que conoció cuando formaba parte de la banda de Copenhague. Le escribe para citarlo en el taller y le promete comprarle los diamantes a buen precio. Goldberg, que se acuerda de ella, no desconfía y acude en su automóvil. El trato se celebra con *champagne*. Han llamado a todos los refuerzos. En otras palabras, todos están allí. La dificultad consiste en, una vez cometido el asesinato, desembarazarse del cadáver. Michonnet debe de estar nervioso, porque es la primera vez que participa en un auténtico crimen. Pero tal vez le hacen beber más que a los demás. Oscar quizá propone arrojar el cadáver a una cuneta, muy lejos de la encrucijada.

»Pero Else tiene una idea. ¡Silencio! Está harta de vivir encerrada de día y de tener que andar ocultándose de noche. Está harta de los discursos sobre la virtud, la bondad y la belleza. Está harta también de su vida mediocre, de contar cada céntimo. Ha llegado a odiar a Carl Andersen. Pero también sabe que él la ama y que es capaz de matarla antes que perderla... ¡Y ella no para de beber! ¡Empieza a fantasear! Se le ocurre una idea sorprendente: cargarle el crimen al propio Carl. A Carl, que nunca sospechará de ella, hasta tal punto lo ciega el amor. ¿Es así, Else?

Por primera vez, ella giró la cara.

—Llevarán el Minerva, "maquillado", lejos de la región, para revenderlo o abandonarlo. Hay que impedir que las sospechas caigan sobre los verdaderos culpables. Como Michonnet tiene mucho miedo, deciden hacer desaparecer su coche; ésa será la mejor manera de disculparlo. El irá a denunciar la desaparición del coche, montará un escándalo. Pero también es necesario que la policía vaya a buscar el cadáver a casa de Carl. Y de ahí nace la idea de sustituir los coches. El cadáver ya está instalado en el seis cilindros. Andersen, drogado, duerme profundamente, como todas las noches. Llevan el coche a su garaje y trasladan el pequeño 5 CV al de los Michonnet.

»¡La policía no entenderá nada! Y hay algo mejor. En la comarca todos creen que Carl Andersen, demasiado adusto, está medio loco. A los campesinos les asusta su monóculo negro. ¡La policía lo acusará, claro! Todo es lo bastante extravagante como para encajar con su reputación, con su figura. Además, una vez detenido, tal vez se suicide para evitar el escándalo que podría recaer sobre su familia si se descubriera su auténtica identidad...

El médico de Arpajon asomó la cabeza por el resquicio de la puerta.

—Un hombre más. Para sujetarlo. No hemos conseguido dormirlo.

Estaba ocupadísimo y coloradísimo. Quedaba un inspector en el jardín.

—¡Suba! —le gritó Maigret.

En ese preciso momento recibió un choque inesperado en el pecho.

Else

Else se había arrojado sobre él, sollozando convulsivamente y tartamudeando con voz quejumbrosa:

—¡No quiero que muera! Dígame. Yo... Es espantoso.

La escena era tan sobrecogedora, y a ella se la veía tan sincera, que los demás, los hombres de cara patibularia alineados contra la pared, no soltaron ni una carcajada, ni siquiera sonrieron.

—Déjeme subir, se lo suplico. Usted no puede entenderlo.

¡No! Maigret la alejó de sí. Ella se desplomó sobre el sillón oscuro donde la había visto por primera vez, enigmática, con su vestido de terciopelo negro y de cuello alto.

—¡Terminemos! Michonnet desempeñó su papel a las mil maravillas, lo interpretó con facilidad porque se trataba de pasar por un ridículo pequeñoburgués que, en medio de un drama sangriento, sólo pensaba en su seis cilindros. Y comienza la investigación. Carl Andersen es detenido. Resulta que no se suicida e incluso lo ponen en libertad. Ni por un instante sospecha de su mujer. Ni sospechará jamás. La defenderá incluso en contra de las evidencias.

»Pero he aquí que se anuncia la llegada de la señora Goldberg, que quizá sabe quién ha atraído a su marido a la trampa y puede hablar. El mismo hombre que mató al corredor de diamantes la acecha. —Los miró uno a uno, y habló de repente con mayor rapidez, como si tuviera prisa por terminar—. El asesino se pone los zapatos de Carl, que aparecerán en esta casa manchados con el barro del campo. ¡Era querer mostrar demasiado! Y, sin embargo, es preciso que acusen al danés, si no, los verdaderos asesinos no tardarán en ser desenmascarados. Cunde el pánico.

»Andersen debe ir a París porque no tiene dinero. El mismo hombre de siempre, el que ha cometido los dos primeros crímenes, lo espera en la carretera, se hace pasar por policía y sube al vehículo, a su lado... No, Else no tramó esto; creo más bien que fue Oscar... ¿Se le habla a Andersen de llevarlo a la frontera, o de carearlo con alguien en alguna ciudad del norte? Le hacen atravesar París. La carretera de Compiègne está bordeada de espesos bosques. El asesino dispara, una vez más a bocajarro. Sin duda, al oír a otro vehículo detrás de él, se apresura y arroja el cuerpo a la cuneta. A la vuelta ya se ocupará de ocultarlo con mayor cuidado. Le urge, sobre todo, desviar las sospechas. Ya está. El coche de Andersen es abandonado a unos centenares de metros de la frontera belga. Conclusión fatal de la policía: "¡Ha huido al extranjero, por lo tanto es culpable!". El asesino regresa en otro vehículo. La víctima ha desaparecido de la cuneta, y las huellas hacen suponer que no ha muerto. El hombre encargado de matarlo avisa por teléfono a Oscar, desde París. No le conviene regresar a una zona infestada de policías.

»El amor de Carl por su mujer ha alcanzado la categoría de leyenda. Si Carl vive, volverá. Si vuelve, es posible que hable. Hay que acabar con él. Pierden la serenidad. El propio Oscar ya no puede trabajar tranquilo. ¿No es el momento de utilizar a Michonnet? ¿A Michonnet, que lo ha sacrificado todo por su amor hacia Else y al que se le obligará a dar el último salto?

»El plan es cuidadosamente estudiado. Oscar y su mujer se van a París, y lo hacen abiertamente, anunciando todos sus desplazamientos. Monsieur Michonnet me hace ir a su casa y se exhibe, inmovilizado por un ataque de gota, en su sillón. Sin duda ha leído novelas policíacas, y aporta a este plan las mismas tretas que a sus negocios de seguros. Tan pronto como yo salgo, es sustituido en el sillón por un mango de escoba y una bola de trapos. La puesta en escena es perfecta; desde fuera, la ilusión es completa. Y Madame Michonnet, aterrorizada, acepta interpretar su papel y finge, detrás de la cortina, cuidar a un enfermo. Sabe que hay una mujer en la historia, y está celosa, pero, por encima de todo, quiere salvar a su marido, porque aún tiene la esperanza de que Michonet vuelva con ella.

»Y no se equivoca. Michonnet se ha dado cuenta de que se han reído de él. Ya no sabe si ama a Else o si la odia, pero de lo que sí está seguro es de que la prefiere muerta. Conoce la casa, el jardín, todas las salidas... Incluso tal vez sepa que, por la noche, Else acostumbra a tomar una cerveza. Entra en la cocina y echa veneno en la botella. Fuera, acecha el regreso de Carl. Dispara. No puede más. Hay agentes vigilando por todas partes. Se oculta en el pozo, que lleva mucho tiempo seco.

»Todo esto ha ocurrido hace apenas unas horas. Y durante ese tiempo, Madame Michonnet no ha dejado de desempeñar su papel. Ha recibido una consigna: si ocurre algo anormal alrededor de la gasolinera, tiene que llamar a París, a la Chope Saint-Martin. Pues bien, yo estoy en el taller. Me ha visto entrar y ha oído mis disparos. La bombilla apagada advierte a los autos cómplices de que algo no va bien, y éstos no se paran.

»Utiliza el teléfono y, al poco, Oscar, su mujer y Guido, que los acompaña, saltan a un vehículo, pasan por delante de la gasolinera e intentan suprimirme a tiros, a mí, que tal vez soy el único que sabe algo. Han tomado la ruta de Etampes y de Orléans. ¿Por qué, cuando habrían podido escapar por otra carretera, en otra dirección? Porque por esa carretera circula a esas horas un camión al que el mecánico ha entregado una rueda de recambio. *¡Y dentro de esa rueda están los diamantes!* Hay que alcanzar el camión y sólo entonces, con los bolsillos llenos, cruzar la frontera.

»¿Eso es todo? Pero no contestéis, no pregunto nada. Silencio. Michonnet está en el pozo. Else, que conoce el lugar, imagina que se ha ocultado allí. Sabe que él es quien ha intentado envenenarla, y no se hace ilusiones respecto al buen hombre: cuando lo detengan hablará. Entonces se le ocurre acabar con él. ¿Ha dado un paso en falso? El caso es que ya ha bajado al pozo, y empuña un revólver. Pero él le ha agarrado la garganta. Le domina la muñeca con la otra mano. La pelea continúa en la oscuridad. Se dispara un tiro. Else grita, a su pesar, porque tiene miedo de morir.

Maigret frotó un fósforo para encender la pipa, que se había apagado.

—¿Qué me dice de todo esto, Oscar?

Y éste, ceñudo, contestó:

—Me defenderé. Yo no digo nada. O mejor dicho, yo sólo digo que soy un perista...

—¡Eso no es cierto! —chilló su vecino, Guido Ferrari.

—¡Muy bien! A ti te esperaba, pequeño. ¡Porque tú eres el que disparaste! ¡Las tres veces! Primero sobre Goldberg, después sobre su mujer, y por último, en el coche, sobre Carl. ¡Claro que sí! Tú tienes todas las trazas de ser el asesino profesional.

—¡Es falso!

—Poco a poco.

—¡Es falso! ¡Es falso! No quiero...

—Sí, defiéndete, porque lo que has hecho te costará la vida, pero piensa que, dentro de muy poco, Carl Andersen te reconocerá. Y los demás te traicionarán. ¡Ellos sólo arriesgan el presidio!

Entonces Guido se irguió, lleno de amargura, y señaló a Oscar con el dedo.

—¡El me lo ordenó!

—¡Pues claro!

Maigret no tuvo tiempo de intervenir cuando el dueño de la gasolinera dejó caer sus dos puños, unidos por las esposas, sobre el cráneo del italiano gritando: «¡Asesino, me las pagarás!». Los dos perdieron el equilibrio, rodaron por el suelo y siguieron sacudiéndose, llenos de odio, entorpecidos en sus movimientos.

Fue el instante que el cirujano eligió para bajar al salón.

Iba enguantado y con un sombrero gris claro.

—Perdón. Me dicen que el comisario está aquí.

—Soy yo.

—Respecto al herido, debo decirle que creo que se ha salvado, pero necesitaría a su alrededor una calma absoluta. Yo había propuesto trasladarlo a mi clínica, pero al parecer no es posible. Dentro de media hora, como máximo, volverá en sí y sería deseable que...

Un aullido. El italiano había mordido con todas sus fuerzas la nariz de Oscar, y la mujer de éste se precipitó hacia el comisario.

—¡Rápido! ¡Mire! —lo llamó ella.

Los separaron a patadas mientras el cirujano, con una mueca de repugnancia y desentendiéndose de todo, se metía en su coche y ponía el motor en marcha.

Michonnet lloraba silenciosamente en su rincón y evitaba mirar a su alrededor.

El inspector Grandjean entró para anunciar:

—Ha llegado el furgón celular.

Sacaron a los detenidos uno tras otro. Ya no reían, ya no pensaban en fanfarronear. Al pie del furgón celular, estuvo a punto de estallar una nueva pelea entre el italiano y su vecino más próximo, uno de los mecánicos del taller.

—¡Ladrones! ¡Golfos! —gritaba el italiano, enloquecido por el miedo—. Ni siquiera he cobrado el dinero convenido.

Else fue la última en salir. En el momento en

177

que estaba a punto de franquear la puerta acristalada que daba a la soleada escalinata, Maigret la paró con dos palabras:

—¿Así pues...?

Ella se volvió hacia él y miró al techo, encima del cual estaba tendido Carl.

Era imposible prever si se enternecería de nuevo o empezaría a lanzar injurias.

—¿Qué quiere que le diga? En parte, es culpa de Carl —exclamó con naturalidad.

Siguió un silencio prolongado. Maigret la miraba a los ojos.

—En el fondo... Pero no. No quiero hablar mal de él.

—¡Diga!

—Usted lo sabe perfectamente. ¡El tiene la culpa! Es casi un maníaco. Le excitó saber que mi padre era un ladrón, que yo formaba parte de una banda. Sólo me ama por eso. Si me hubiera convertido en la joven decente con la que él soñaba, no habría tardado en aburrirse y abandonarme. —Desvió la cara y añadió en voz baja, como avergonzada—: De todos modos, no me gustaría que le ocurriera nada malo. Es..., ¿cómo lo diría?, una buena persona. ¡Un poco chiflado, eso sí! —Y acabó con una sonrisa—: Supongo que volveré a verle, comisario.

—Fue Guido el que asesinó a Goldberg, ¿verdad?

La pregunta sobraba. Ella recuperó sus modales de prostituta.

—¡No soy una chivata!

Maigret la siguió con la mirada hasta el momento en que subió al furgón celular. La vio mirar la casa de las Tres Viudas, encogerse de hombros y gastarle una broma al gendarme que la empujaba.

—Es lo que podríamos llamar el caso de los tres errores —dijo Maigret a Lucas, de pie a su lado.

—¿Qué errores?

—En primer lugar, el error de Else, que endereza el paisaje nevado, fuma en la planta baja, sube el fonógrafo a la habitación *en la que ella dice que está encerrada* y, sintiéndose en peligro, acusa a Carl fingiendo defenderle. El error del agente de seguros, que me hace ir a su casa para que yo vea que pasará la noche en su ventana. Y el error del mecánico, Jojo, que al verme aparecer de repente, y temiendo que se descubra todo, entrega a un automovilista una rueda de recambio, *demasiado pequeña,* en la que están escondidos los diamantes. De no ser por eso...

—¿De no ser por eso?

—En fin, cuando una mujer como Else miente con tal perfección que acaba por creerse lo que cuenta...

—¡Ya se lo había dicho yo!

—... habría podido llegar a ser extraordinaria, si no tuviera esos ramalazos, esas llamadas como de los bajos fondos.

Carl Andersen pasó casi un mes entre la vida y la muerte, y su familia, advertida, lo aprovechó para llevárselo a su país, donde lo internaron en una casa de reposo que se parecía mucho a un manicomio. El caso es que no compareció siquiera como testigo en el proceso, que se desarrolló en París.

En contra de lo previsto, la extradición de Else fue rechazada y la condenaron primero a tres años de prisión en Francia, en Saint-Lazare.

Tres meses después, en el locutorio de Saint-Lazare, Maigret se encontró a Andersen. El danés discutía con el director, le mostraba su partida de matrimonio y exigía la autorización para ver a la condenada.

Había cambiado muy poco. Seguía llevando un monóculo negro y su hombro derecho parecía un poco más tieso.

Se alteró al reconocer al comisario y miró hacia otro lado.

—¿Le han dejado volver sus padres?

—Mi madre ha muerto. He heredado.

La limusina en la que esperaba un elegante chófer, y que estaba estacionada a cincuenta metros de la cárcel, era suya.

—Y, pese a todo, ¿sigue empeñado en...?

—Me he instalado en París.

—¿Para venir a verla?

—Es mi esposa.

Y su único ojo acechaba el rostro de Maigret con la angustia de leer en él ironía o, tal vez, compasión.

El comisario se limitó a estrecharle la mano.

En la cárcel de Melun, dos mujeres que parecían amigas inseparables llegaron juntas a una visita.

—¡No es un mal tipo! —decía la mujer de Oscar—. Es incluso demasiado bueno, demasiado generoso. Da veinte francos de propina a los mozos de café. Eso es lo que le ha perdido. ¡Eso y las mujeres!

—Mi marido —decía Madame Michonnet—, antes de conocer a esa criatura, no habría estafado ni un céntimo a un cliente. Pero la semana pasada me juró que ya no pensaba en ella.

En la zona de Máxima Seguridad de la cárcel, Guido Ferrari pasaba sus días esperando que llegara su abogado trayéndole el indulto. Pero una madrugada se presentaron cinco hombres y se lo llevaron mientras él pataleaba y vociferaba.

Rechazó el cigarrillo y el vaso de ron, y escupió al capellán.